中华先锋人物
故事汇

许振超

向往开大吊车的孩子

XU ZHENCHAO
XIANGWANG KAI DA DIAOCHE DE HAIZI

李岫青 著

图书在版编目（CIP）数据

许振超：向往开大吊车的孩子/李岫青著. —南宁：接力出版社；北京：党建读物出版社，2020.4

（中华人物故事汇.中华先锋人物故事汇）

ISBN 978-7-5448-6466-4

Ⅰ.①许… Ⅱ.①李… Ⅲ.①传记小说－中国－当代 Ⅳ.①I247.5

中国版本图书馆CIP数据核字(2020)第007212号

许振超 —— 向往开大吊车的孩子

李岫青 著

责任编辑：	唐 玲　刘文佳
文字编辑：	杨豪飞
责任校对：	贾玲云　王 静
装帧设计：	严 冬　许继云　　美术编辑：高春雷
出版发行：	党建读物出版社　接力出版社
地　　址：	北京市西城区西长安街80号东楼（邮编：100815）
	广西南宁市园湖南路9号（邮编：530022）
网　　址：	http://www.djcb71.com　http://www.jielibj.com
电　　话：	010-65547970/7621
经　　销：	新华书店
印　　刷：	河北鹏润印刷有限公司

2020年4月第1版　　2023年7月第8次印刷

787毫米×1092毫米　32开本　　5印张　　60千字

印数：73 001—76 000册　　定价：20.00元

版权所有 侵权必究

质量服务承诺：如发现缺页、错页、倒装等印装质量问题，可直接联系本社调换。

服务电话：010-65545440

目录

写给小读者的话 ……………… 1

奔跑的孩子 …………………… 1

还有过这些梦想 ……………… 7

被关进了"小黑屋" ………… 13

长大想当科学家 ……………… 19

要考就考最好的 ……………… 25

请你做我的朋友好吗？ ……… 31

荣登母校名人墙 ……………… 39

当上司炉工 …………………… 45

掉进"女儿国" ……………… 53

有魔力的消息 ………………… 59

姥姥的饺子……………… 65

绝活是怎么练成的………… 71

继续埋头苦学……………… 77

许大拿，你真厉害………… 81

咱不能被洋文吓趴下……… 85

要求人人练绝活…………… 93

艺高人胆大………………… 101

知耻而后勇………………… 107

倒推电路图………………… 113

临危受命…………………… 123

"振超效率"………………… 131

巅峰之战…………………… 137

码头就是家………………… 143

"振超精神"………………… 147

写给小读者的话

亲爱的小读者,你读了这本书,一定会被许振超的故事所感动,所鼓舞。不管许振超现在有多么了不起,谁读了他的故事,都会竖起大拇指,由衷地赞扬他,钦佩他,但他也和你一样,曾经是一个小孩子。

许振超是小孩子的时候,也和所有的小孩子一样,有着差不多的快乐和烦恼,做过一些调皮的或有趣的事,也和现在的你一样,有着光灿灿的梦想。

但是,这个从小就品学兼优的孩子,由于历史原因,连初中都没有上完,就去工厂当了一名工人。

开始是当烧锅炉的工人，然后是推纱工、皮带机电工、门机司机、桥吊司机、桥吊队队长……再到后来，他当选为中国科学技术协会常务委员会委员、全国人大常务委员会委员、中华全国总工会兼职副主席……在此期间，他获得了很多荣誉：全国劳动模范、全国五一劳动奖章、全国优秀共产党员、全国道德模范、中华技能大奖、中华十大英才、国务院特殊津贴专家、时代领跑者金奖、改革先锋……

看到这里，你一定觉得许振超真是了不起，一定很想知道他到底做了哪些了不起的事，才能获得这么多的荣誉。哦，那可实在是太多了！比如他带领的团队先后八次刷新世界集装箱装卸纪录，以他的名字命名的"振超效率"享誉世界航运界；他发扬"工匠精神"自学成才，成了响当当的"桥吊专家"；他把港口当家，发扬"主人翁精神"，创造了"一钩准""一钩清""一钩净""无声响操作"等多项绝活，成为技术顶呱呱的"许大拿"，让"振超精神"名扬四海，令世人赞叹。中国能成为世界第一集装箱装卸大国,他功不可没。

许振超是怎样从一个普通小孩子,一步步成长为让全国人民都学习的先锋人物的?这些绝活和硬功夫又是怎么练成的?这期间究竟发生了多少感人的、有趣的、精彩的故事呢?

请别着急,让我从头慢慢讲给你听。

奔跑的孩子

一九五〇年一月,许振超出生在上海。爸爸许维之是山东荣成人,早年来上海打工,在水果铺里卖水果,家境虽不富裕,但衣食无忧。可是有一天,国民党的飞机轰炸上海,许维之的水果铺和水果全都被炸飞了,没了水果铺,他只好带着妻儿回山东老家,到青岛投奔许振超的姥爷。

姥爷是个跑船的,爸爸不习惯常年在海上漂泊,就到青岛国棉八厂当了一名车工,妈妈李玉琴则在家中织网兜和渔网补贴家用。

诗人惠特曼说,一个孩子每天往前走,他最初看见的东西,就会变成他的一部分。的确,孩子最初看见的是紫丁香,紫丁香就会成为他的世界的一部分，看见的是野草，野草也会成为他的世界的一部分。

许振超的妈妈虽然日夜操劳，但总是面带微笑，勤劳持家。因此，许振超最初看见的是微笑，看见的是劳动，微笑和劳动便成了他的世界的一部分。长大后的许振超，便成了一个喜爱微笑、热爱劳动的人，一个勤奋乐观、不惧怕苦累的人。

许振超从四岁就开始干活，他帮妈妈把织网的线缠成球，再缠成梭子。每缠一个线球或缠一个梭子，小振超都会得到妈妈赞许的微笑，小振超的脸上也会绽放甜甜的笑容。每织成一个网兜或渔网，妈妈也会和他相视而笑，因为他们又为这个贫穷的家挣到了一些微薄的收入，这也让许振超从小就明白劳动的美好。所以，许振超从小就爱劳动，知道劳动能让妈妈微笑，能让一家人都有饭吃。

许振超兄弟姐妹五人，他是老大。尽管身为老大的他最懂事，得到妈妈的微笑也最多，但爱玩仍是孩子的天性，尤其是听说胶州路上要铺设有轨电车后，他就坐不住了，再也不像过去那样安安静静地缠线球、缠梭子了，而是带着二弟振群、三弟振钢和小伙伴们，跑到胶州路边去看工人架线、铺轨。

小振超几乎每天都去看，一心盼着快一点儿看到有轨电车，他好想知道有轨电车到底是什么样子，跑得有多快。那些日子，他连做梦都梦见有轨电车，有一次还梦见自己开着一辆长着大翅膀的有轨电车，在天上开心地飞呀飞。

终于等到了通车，他看到车顶上长着两条"长辫子"的有轨电车，简直高兴坏了。那个年代，别说有轨电车，就是汽车也很少看到。当有轨电车从小振超身边开过去时，他像一个小将军似的，挥手对小伙伴们高喊："追！"于是，小伙伴们便和他一起追着有轨电车奔跑起来。因为不舍得让电车开走，又觉得追电车好玩，他们便使出吃奶的劲儿追着电车奔跑。小伙伴们还比赛看谁跑得最快，追得最远……

为此，小振超曾挨过妈妈的数落。追着电车奔跑是一件很危险的事，弟弟和小伙伴们常会跑着跑着摔跟头，不是磕破了膝盖，就是蹭破了鼻子，划破了脸，而且那可是在大马路上奔跑，万一被电车

碰一下，是要出大事的。

尽管小振超那么喜欢电车，他连做梦都想要坐一次电车，感受一下坐在电车上究竟是什么滋味，尽管买一张电车票只需要三分钱，很多小伙伴都已经坐过电车了，但懂事的小振超一次也没有张口向妈妈要过钱去买一张车票。

有很长一段时间，痴迷于电车的小振超最羡慕的人就是那个开电车的叔叔。他常常在心里想，长大了当一个开电车的司机该多棒呀！整天坐在电车里，那岂不成全世界最幸福的人了！

当年那个小孩子，心里揣着人生中第一个美好的梦想。他在七岁那年春天，高高兴兴地背上书包到青岛上海路小学报到了。

当时，他立下人生的第一个志愿：要好好学习，努力成为一个有知识、有文化的人，将来当个电车司机，成为这个世界上最幸福的人。

还有过这些梦想

上学后的许振超,不仅学习成绩好而且勤快,扫地,擦桌子,生炉子,扒炉灰,他什么活都抢着干,深得老师的喜爱。他第一批加入了少先队,并当上了小队长,戴上了让同学们羡慕的"一道杠"。

每天放学后,许振超写完作业,除了缠线球和梭子外,他还有一项重要任务,就是帮妈妈照看弟弟。有一段时间,他喜欢和些泥巴,让弟弟们摔泥巴玩,自己则用泥巴捏电车。因为心里想当电车司机,他起初捏的大多是电车,后来不知怎的就捏起大吊车来。尽管那时候,他还不可能知道自己将来的人生会和大吊车有密切关联。他捏的大吊车相当逼真，仿佛只要把它开到工地上，就能派上用场一样。

小学三年级时，有一次，许振超去同学家玩。同学的哥哥是地质勘探队员，从新疆带回来一些小石头。看着那些可爱的小石头，许振超心里怦然一动，他想：将来当个地质勘探专家该多好！可以走南闯北，能到新疆那么遥远的地方。他不由得暗下决心，一定要好好学习，长大考上北京地质学院①，当个可以到处走一走、看一看的地质勘探家。

升入四年级后，许振超被选入学校的红领巾艺术团。起初他只是在合唱队，后来他似乎对各种乐器更感兴趣，加之他比较勤奋，老师又喜欢教，许振超很快便学会了吹笛子，拉胡琴，钢琴也弹得像模像样。这时他又想，将来当个艺术家也很不错，写出像《让我们荡起双桨》这样优美动听的歌，人们都唱他写的歌，岂不是也会成为这个世界上最幸福的人？许振超想当艺术家的想法像春天的竹笋冒出了一个小尖儿。

---

① 北京地质学院后更名为中国地质大学。

这段时间，许振超班上有个同学病了，好几天都没来上学。学校对学生进行的是做共产主义接班人的理想信念教育，许振超以前爱劳动是习惯，现在爱劳动、乐于助人已经成为一种自觉行为，而且这时的他已经被选为中队长，戴上了"两道杠"。那天放学后，许振超决定去那个同学家，帮他把落下的功课补上。

那个同学的父亲是个文化人，他家除了比一般人家整洁，摆设洋气外，同学的书桌上还放着一小摞书，这让许振超眼睛一亮。

那时的许振超已经是一个名副其实的小书迷了。许振超爱读书，才上四年级就已经掌握了很多词语，他的作文写得又有文采又生动，几乎每一篇都被老师当作范文在班上读，因此，他特别喜欢作文课，也曾产生过长大了要当大作家的梦想。

谁家里有书，他就喜欢去谁家，想方设法把书借来读。家住二楼的他一有空闲就爱往三楼的邻居家跑，因为三楼的叔叔有一箱子书，虽然那些书除了《西游记》《海底两万里》等几本名著外，大多并不适合一个八九岁的孩子阅读，但对许振超而言，只要是有字的书他就爱读。有一些书，比如《红楼梦》《水浒传》等，是竖排的繁体字，好多字他也不认识，但仍读得津津有味。

为了省电，许振超会带着书到楼下拐角处的路灯下读。为了不被打扰，能安安静静地读书，他会一个人悄悄地爬到四楼楼顶上去读。

有一个周末，许振超又爬到楼顶上读书。因为读得太入迷，他忘记了回家吃饭，妈妈喊他的名字，他也没有听见。妈妈找不到他，急得直抹眼泪。因为离家较远，一周才回来一次的爸爸到处找也找不到他，只好到派出所去报案。

虽然这件事让许振超挨了爸爸的一顿揍，但是丝毫也没有减少他对读书的热爱。当看到同学书桌上这一小摞书时，他立马就来了兴致。

他紧盯着那一小摞书，问："你有这么多书呀？"

同学得意地说："这是我爸爸去北京开会时给我买回来的。"

许振超再看一眼那摞书，咽下一大口口水，问："可以借给我吗？"

"不可以！"同学很干脆地拒绝道，"要是把书弄坏了，我爸爸会打我的。"

"我小心点，保证不把书弄坏，行吗？"

"不行，我爸爸不让我借给别人。"

"就借一本行不行？"

"不行。"

许振超央求道："那你告诉你爸爸，要是你肯借书给我看，我就每天都来给你补课，这样行不行？"

"不行的，我的病已经好了，下周就能去上学了。"

许振超当时还不知道，这套让他一打开书页就立刻着了迷的书，会让他萌生一个崭新而坚定的伟大梦想。

他恋恋不舍地看看那摞书，转转眼珠，又想了想，仍不死心地说："要是你肯借给我，我就把《西游记》也借给你。《西游记》可有趣了，孙悟空三打白骨精，一个筋斗能翻十万八千里，还有……还有很厉害的火眼金睛……"

"行！"不等许振超说完，同学便说，"如果你真有《西游记》能借给我，我就把书也借给你。不过，你得把《西游记》拿来，咱们一起交换才行。"

"好！一言为定！"许振超说完，一溜烟就跑走了，他直接跑到了三楼邻居叔叔家，可是叔叔还没下班，阿姨又在外地工作，一个月才回来一次。

许振超坐在门口，一边焦急地等叔叔回来，一边心不在焉地写作业。那一天，许振超有生以来第一次感觉时间过得好慢，他也第一次体会到了书上学到的一个词——心急如焚——是啥滋味。

被关进了"小黑屋"

天底下的事,往往好事多磨。那天因为是周末,叔叔下班后没回家,而是直接乘坐夜班车去外地的阿姨那儿了。

许振超不知道叔叔去了外地,他以为叔叔单位又有活动,或者是又去工人体育馆参加篮球比赛了。那晚吃过晚饭后,他虽像往常一样带着弟弟们上床睡觉,但和衣躺在床上的小振超,眼睛一直不敢合上,他使劲支棱着耳朵听楼道里的动静。可直到夜深人静,他也没有听到期盼的脚步声,于是在焦急和疲乏中睡去。

第二天早晨,许振超一起床就跑到了三楼,可叔叔家的门仍然是"铁将军"在把守着。

许振超猜测叔叔可能是去阿姨那儿了，便有些着急和失望地想：今天看不到同学家的那套书了，我该干什么好呢？突然，他想起这几天同学们都在谈论中山公园的樱花多么多么美。现在正是樱花盛开的季节，虽说他也很想去看看樱花长什么样，到底有多美，但他其实更想去中山公园看看那些经常听同学们说起的猴子、老虎和狗熊。班上很多同学都去过中山公园了，可他一次也没去过。

"对！今天看不到那套书，我就去中山公园看猴子！"许振超做出这个决定后，回家对妈妈说红领巾艺术团有活动，中午不回家吃饭了，然后他抓了一个菜饼子就匆匆跑出了家门。

从许振超家到中山公园有十五六里的路程，虽然有公交车直达那里，但三分钱一张的车票他没有钱买。他只好迈开双腿，一会儿走，一会儿跑，步行去中山公园。

好不容易走到了，站在中山公园大门口的许振超一下子傻眼了，原来进公园需要买门票，可他衣兜里连半分钱也没有，怎么办？大老远的好不容易才来到这里，难道就这么回去吗？

不能就这么回去！许振超心里这样想着，观察起周围的环境来。他很快就找到了两个进入公园的办法，一个是爬栏杆，另一个是钻下水道。

爬栏杆干净，不会弄湿衣服，但目标大容易被抓，所以他选择了钻下水道。穿过下水道后，许振超没费太多周折就进到公园里。

他首先看到了一树树花团锦簇、美得令人震撼的樱花。许振超没有想到，中山公园的樱花竟是这么美，美得就好像不是真的，美得让他想起了在书上读到的"落英缤纷、美不胜收"等很多当时并不太理解的成语。

虽然中山公园的樱花美得无与伦比，但许振超仍想快点找到动物区，先去过过看猴子、老虎和狗熊的瘾。动物区还没找到，却看到了一枝被扔在地上的樱花，许振超弯腰捡了起来，心想这么美的樱花扔在路上多可惜呀，不如把它带回家去，让妈妈和弟弟们也看看樱花有多美。

不料，他捡起那枝樱花刚走了没几步，就被公园里的一个管理员抓住了。那人抓着他的手腕，大声吼道："你怎么能折樱花？"

许振超赶紧说:"不是我折的,是在地上捡……"

"不是你折的,怎么会在你手里?你别想抵赖!你是不是少先队员?要是人人都像你这样搞破坏,不讲文明……"管理员很凶,又不听他解释,许振超怎么也说不清,气得哇哇大哭起来。

围观的人群也认定樱花就是他折的,纷纷指责他不讲文明,给少先队员丢脸……有个阿姨看看许振超那一身打着补丁的湿漉漉的衣服,撇着嘴说:"一看就知道他是逃票进来的。"

管理员听到有人这么说,便让许振超把票拿出来给他看看。

许振超吓得呜呜地哭着说:"我……我没票。"

"没票怎么进来的?"

"钻下水道。"

"好呀,你搞破坏,还逃票!"

"我没搞破坏,樱花真是我捡的……"

"那你逃票没?"

"逃票了。"

"哪个学校的?"

"上海路小学的。"

"几年级的，叫什么名字？"

"四年级一班的，叫许振超。"

"走！到办公室给你老师打电话去！"

许振超被带到了公园办公室的一间"小黑屋"里，感觉浑身是嘴也说不清的许振超，一下子就理解了他在书上读到过的"追悔莫及、一筹莫展、百口莫辩"这些词的意思，也深刻地体会到了"泪如雨下、度日如年"是什么感觉。

仿佛过去了漫长的一万年，许振超哭累了，躺在一个长椅上睡着了。不知过了多久，他突然听到外间屋里传来了班主任的声音。

"……请你们相信我，我身为一名新中国的人民教师，绝对不会偏袒一个有错误的学生，一定是误会了。许振超这孩子道德品行非常好，他爱劳动，爱护公物，助人为乐，品学兼优，绝不可能搞破坏，折樱花，他说是捡的就一定是捡的，我用人格担保，他是一个值得信赖的好学生。"

"你说他是好学生，那他逃票怎么解释？"

"这……这实在不应该，可是……可是这孩子的家庭实在太困难了，全家七口人，只有他爸爸一个人挣工资……"

"困难就是他犯错误的理由吗？比他困难的人多的是，难道都来钻下水道逃票吗？"

"是是是，困难不是犯错误的理由，绝对不是。"

"如果都像他这样，公园靠什么来喂养那些狮子、老虎、大狗熊？还有那大群的猴子，是不是都得喝西北风？"

"是是是，我一定严厉批评他，对他严加管教……"

管理员对老师这么凶，许振超心里简直如刀割一样难受，那一刻，他才真正认识到自己的逃票行为有多么可耻、可恨，不禁感到羞愧万分。与此同时，知道老师竟如此信任他，许振超感动得号啕大哭起来。

许振超从"小黑屋"出来后，一下子扑进老师的怀里，泣不成声地说："老师，我错了……"

后来，许振超微笑着回忆说："从那以后我可真长记性了，做任何事之前都得先过脑子想一想。"

长大想当科学家

那天,许振超被关了"小黑屋",但有一件事他始终没忘记,那就是等叔叔回来,不管多晚也要把那本《西游记》借到手。一直等到晚上十点多钟,终于听到楼道里传来叔叔轻轻上楼的脚步声。许振超一脚蹬飞盖在身上的被子,连鞋子也没顾上穿,赤着脚就冲了出去。

叔叔冷不丁被许振超吓了一大跳,手里的皮包掉落在地上。当叔叔听明白许振超是想要再借《西游记》看几天时,他露出了笑容,抚摸着许振超的头说:"爱读书的小孩,长大了会有出息。没问题,只要你愿意读,别说借几天,叔叔把《西游记》送给你都成。"

当晚，许振超把借来的《西游记》放在枕头边，激动地想着同学书桌上的那一套书，好久都没有睡着。

第二天一大早，同学一家都还没起床，许振超就来敲同学家的门。同学的爸爸一边大声问着是谁，一边趿拉着鞋子来开门。门刚打开一条细缝，同学的爸爸还没看清面前的人是谁，长得又瘦又小的许振超就从他的胳膊底下咻溜一下钻了进去，径直走到同学的床边，叫着同学的名字把他摇醒。许振超把《西游记》往他手上一放，说："我把《西游记》给你拿来了，我可以拿走那套书了吧？"

同学刚从睡梦中醒来，还有些发蒙，反应自然有些迟钝。他一边揉着眼睛，一边打着哈欠含混不清地嘟哝道："好的，你可以把那套书拿走了。"

许振超立即奔向书桌，以迅雷不及掩耳之势抱起那套书，飞奔出了同学的家。

许振超没有想到，那不是一套普通的故事书，而是一套苏联军事题材的书。翻开书本看了还没几页，他就被深深地迷住了。那套书描写了机枪、坦克、战斗机、高射炮、战列舰、巡洋舰等的构造，配着插图，讲解得非常清楚。

许振超如获至宝，爱不释手。他一边看书，一边琢磨那些武器的构造，并在用过的作业本的反面画图样，抄注解。

那位同学虽然很高兴读到了《西游记》，但是许振超只用一本旧书就换走了一整套书，他心里感到不平衡，很快便找各种借口不停地催促许振超还书。

许振超为了多研究几天，只好忍痛割爱，把自己亲手雕刻的一把木头手枪送给了那位同学。同学得到一把样子逼真的木头手枪，自然无比惊喜，暂时不再催促许振超还书了。

那段日子，许振超就像着了迷似的，走着坐着脑海里都是那些武器的图样，那些武器的性能。同时，日本鬼子用飞机、坦克轰炸，用机关枪扫射中国人的血腥场面，也一幕幕不断地在他的脑海中闪现。

如果将来我能成为一个设计武器的科学家，如果我们中国人能制造出最先进的武器……他想着想着，不由得心潮澎湃，热血沸腾。

那套书，一下子击跑了他之前曾经有过的所有光灿灿的梦想。将来当一个很厉害的军事科学家这一伟大梦想，就像节日的礼花一样在他的心中灿烂地绽放开来。

许振超暗暗下定决心，一定要好好用功学习，考上青岛二中，然后考上清华大学，再上研究生，读博士，将来一定要成为研制武器的军事科学家，制造出最先进、最新式的武器，让祖国的军事实力更加强大，更具威慑力！一向懂事，从不向妈妈要一分零花钱的许振超，因为怀揣着当科学家的梦想，这一次竟然死缠硬磨地跟妈妈要钱，订购了一套专门为少年儿童编写的"我们爱科学"丛书。

中山公园事件发生后不久，有一天，老师在班会上说："我们已经是四年级的学生了，从下周开始，我们班需要派值日生去打扫厕所卫生了，哪位同学愿意报名呢？"

那时候，学校没有勤杂工，扫地、擦玻璃、冬天生炉子、打扫厕所卫生等都由值日生负责。一、二、三年级学生年纪还小，不负责打扫厕所卫生，但升入四年级后，就要派值日生去打扫厕所卫生了。那时候的厕所，可不像现在的厕所这么好打扫，需要到很远的地方去提水冲洗，稍不留神，脏水就会溅到身上。

老师问了一遍，没有人应声，刚要开口问第二遍时，许振超高高地把手举了起来。他想用实际行动感谢老师对他的信任，想用实际行动证明他将会成为一个不怕苦、不怕累、不怕脏的合格的共产主义接班人。

老师用欣慰和赞许的目光看着许振超。他也微笑着回应老师的目光，同时在心里对老师说：老师，谢谢您相信我是个好孩子，您放心，就算让我这辈子再也去不成中山公园看动物，我也绝不会再做钻下水道逃票那样令人不齿的事了。

许振超一有空就钻研科学知识，学习也更加努力用功。因为品学兼优，加上他主动担任打扫厕所卫生的值日生，升入五年级后，他被选为学校大队委的劳动委员，戴上了"三道杠"。

要考就考最好的

升入五年级后的许振超,心中有个当科学家的梦想,他给自己制定了一个近期必须实现的小目标:更加用功学习,考上青岛二中。

青岛二中——每年名牌大学的录取率居青岛榜首。在青岛市民的眼里,二中就是孩子进入名牌大学的阶梯和踏板,没有哪个家长不希望自己的孩子考上二中,没有哪个小学生不向往二中。然而面向全市招生的二中,可不是哪个孩子都敢报考的。

可是有一个人就敢报,而且毫不犹豫,这个人就是许振超。和他同在一个年级的两个家境比他好,学习成绩也比他好的同学,相约一起找到许振超,问:"许振超,听说你要报考青岛二中?"

许振超点点头:"是的,你们也报考青岛二中吗?"

"我们也想报,但是怕考不上。"一个同学说,"青岛二中是面向全青岛市招生。"

"全市有那么多小学生呢,"另一个同学问,"你真的敢报吗?"

许振超说:"我想试一试。"

两位同学都用敬佩的目光看着许振超说:"你真勇敢。"

"不然这样,我们组成一个学习小组,课余时间一起用功复习。遇到难题我们一起研究,互相帮助,一起报考二中如何?"

两位同学对视一眼,虽然觉得许振超的提议不错,但看看他身上又破又旧的衣服,联想到他打扫厕所卫生时会有脏水溅到身上,再想想青岛市有那么多小学生,便一同摇摇头,转身跑掉了。

许振超不明白那两位同学的心思,追着他们的背影喊:"你俩学习这么好,不报太可惜了!"

"我们再想一想!"

老师知道许振超想报考二中,便把他叫到办公室，说："许振超，你有没有分析一下，你考上二中的把握有多大？"其实，老师的言外之意是想劝他报一个更有把握考上的学校。

许振超明白老师的意思，但他却坚定地回答："老师，我要考就考最好的！"

"要考就考最好的，这想法是不错。虽说你在咱们班上的成绩算是好的，但放在全市来讲，你觉得你有可能考上吗？"

"我知道我目前的成绩，"许振超眼睛里闪着坚定的光芒说，"我已经和我妈妈商量过了，临考前的这段时间，少承担一些家务活，把时间尽量多用在学习上。我想只要我肯努力，考上二中是有可能的。"

老师看到许振超报考二中的决心这么大，只好鼓励他说："好吧，既然你有这么坚定的信心，就一定有成功的可能，那就奋力一搏吧！"

"谢谢老师，我一定会努力的！"

"嗯，那你回去吧。"

许振超给老师敬了个队礼，转身朝办公室外走去。

老师望着许振超瘦弱却坚定的背影，很心疼这个孩子。他知道许振超一家七口人，挤在一套仅有十七平方米的房子里，学习环境差不说，加上弟弟妹妹们年纪小，爸爸又长年不在家，他还要分担大量的家务活。如果能改善一下他的学习环境，勤奋又懂事的许振超，成绩一定还会有很大的提升空间。想到这里，老师连忙把他叫了回来。

"许振超，你回来一下！"

老师微笑着对他说："我知道你家地方小，弟弟们淘气，吵得厉害，学习没有安静的环境怎么行！这样吧，既然你妈妈同意你少干家务活，那你每天放学后，可以在教室里多学一会儿再走。"老师说着，把教室的钥匙从钥匙链上取下来递给许振超，"不过你要保证，每天要第一个到校开门才行哟！"

"哇！"许振超的眼睛一亮，惊喜地接过钥匙，给老师敬了一个标准的队礼，"谢谢老师，我保证每天早上第一个到学校。"

从那以后，许振超每天早上很早就到校学习。放学后，他有时会利用值日生值日的时间，到操场去跑上两圈，活动一下身体。待值日生走后，他再去教室专心学习。有时为了早一点儿开始学习，他干脆和值日生一起值日。就这样，许振超在老师的帮助下，学习环境得到了改善，成绩也有了明显的提高。

终于，迎来了考试的日子。一想到很多同学都不敢报考二中，许振超在考试的时候就格外紧张，尤其是听说那两个学习成绩比他好的同学最终也没敢报考二中后，他心里更像是十五个吊桶打水——七上八下的。考完后，许振超每天都掰着手指头盼着发榜的日子。

无论是盼还是怕，发榜日还是如期到来了。当许振超在榜单上看到自己的名字时，他有点不敢相信自己的眼睛，擦擦眼睛看看，再擦擦眼睛看看，当确定自己的名字真的在榜上时，他高兴得连呼吸都要停止了，泪水哗地流了下来。

老师也很高兴，抚摸着他的头说："许振超，到了二中要继续好好学习，你将来一定会成为国家的栋梁之材。"

爸爸妈妈特意买肉包饺子庆祝许振超考上了青

岛二中。爸爸告诉他："振超你记住，学好数理化，走遍天下也不怕！"

"嗯！"许振超使劲点点头，挥着细瘦的手臂，充满豪情地说，"我一定学好数理化，将来考上清华大学，再读研究生，读博士，毕业后搞科学研究，当个能够报效祖国的大科学家！"

"好！只要你有志气，爸爸妈妈就是砸锅卖铁也供你读书！"爸爸喝下了一杯酒，无比豪迈地说。

妈妈用袖角擦拭一下喜极而泣的泪水，对许振超的三个弟弟和还在她怀中吃奶的妹妹说："你们可要好好向哥哥学习呀，当个有志向的好孩子！"

许振超的三个淘气又贪玩的弟弟，虽然还不太明白"志向"是什么意思，但都懂得要向哥哥那样，爱读书，好好学习。

请你做我的朋友好吗?

许振超考进青岛二中的成绩并不是很好,在班里勉强算是中游,这让许振超意识到,在奔向梦想的路上还有许多高山和沟壑。他想起丘吉尔的一句名言:"能克服困难的人,可使困难化为良机。"

他想既然困难可以转化为良机,那我也可以把困难转化为朋友。于是,许振超没有气馁,没有胆怯,有的只是去攀越高山、跨越沟壑的信心和勇气。他决定付出加倍的汗水和努力,去一点儿一点儿填平奔向成功路上的沟壑,攀越那一座座山峰。

令他没有想到的是,努力用功学习不但没有感到多么艰辛,反而让他品尝到了很多学习带来的喜悦和幸福,因为他把所学内容都当作一个个想要结识的朋友了。

无论是学一个单词,背一条定律,还是攻克了一道难题,许振超总是在心里默默地说:"请你做我的朋友好吗?"

朋友当然是越熟悉越好,为了和朋友更熟悉,成为更好的朋友,许振超总是把学习内容反复研究,一遍一遍地去练习,直到把所学内容全部熟练掌握。

朋友当然会帮助朋友,何况还是非常熟悉的朋友,所以无论在作业本上还是在试卷上相见,朋友都会友善地对待朋友。这样一来,许振超想做错题都难,想不考高分更难。

每天越累越感觉充实和快乐的许振超,仅仅用了半个学期就一跃成了班里各科成绩全优的尖子生。

许振超不仅学习好,还是学校科学小组里最活跃、最具创新能力的成员,他多才多艺,会组装矿石收音机,会拉二胡,会弹钢琴,会吹笛子。不仅老师喜欢他,还有很多同学把他当成自己的偶像。

在许振超的众多同学中，有一个原本学习成绩比他好，现在却已不如他的同学很是嫉妒许振超，当这个同学知道许振超想当军事科学家后，便总拿这件事奚落他。

有一次，科学小组活动结束后，那位同学当着大家的面，突然很大声地说："许振超，你居然想当一个专门研制武器的科学家，我猜你一定崇拜希特勒吧？你一定很喜欢战争对不对？"

"才不是！"许振超说，"我反对战争，主张和平。"

另一个同学不明就里地问："那你为什么想当研制武器的科学家呢？你这么心灵手巧，当个外科医生，救死扶伤岂不更好？"

"当医生救死扶伤是很好，但我搞武器研究，发明先进武器，打击帝国主义和一切侵略者的嚣张气焰，使人们免于战争的苦难，也同样能救人生命。"

"你这话我就听不懂了。"那位嫉妒他的同学又说，"你发明研制的是战争武器，武器如果不用于战争，你发明创造它还有什么意义？"

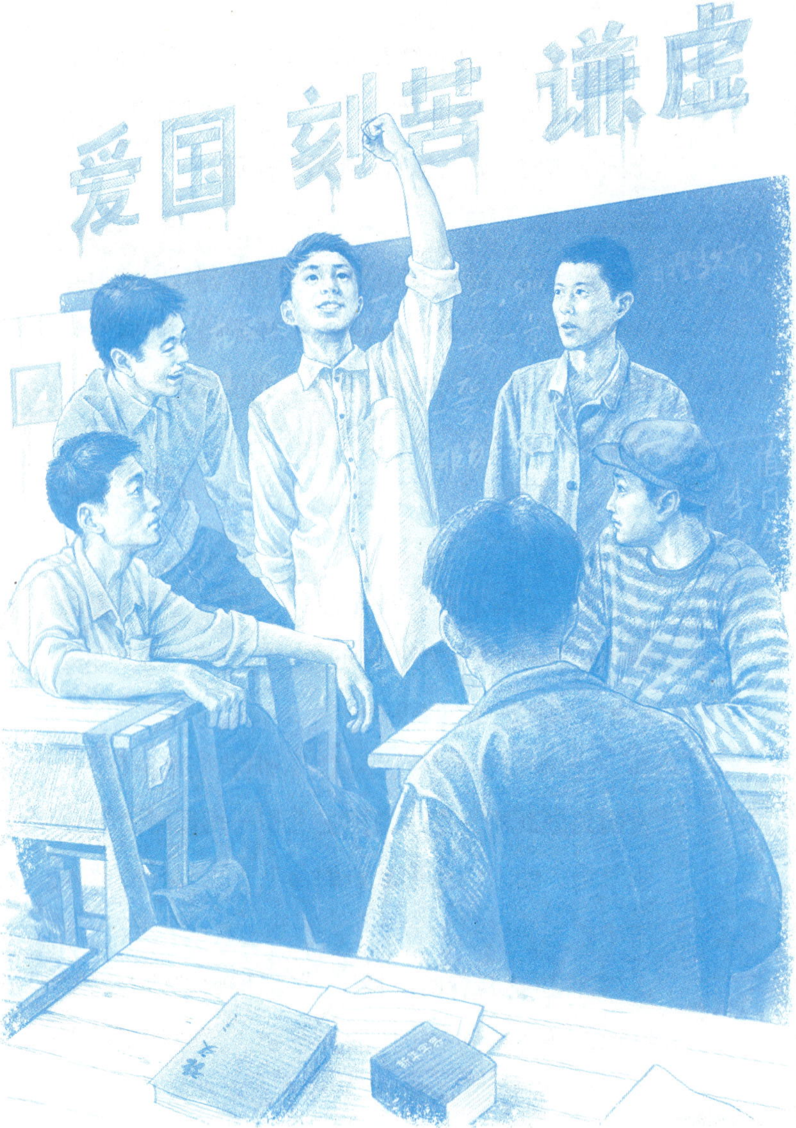
爱国 刻苦 谦虚

"当然有意义！当年日本鬼子来烧杀抢掠我同胞的时候，如果我们有先进的武器，还会出现南京大屠杀那样的惨景吗？"许振超眼睛里闪着泪花，充满激情地说，"我想当军事科学家，绝对不是为了战争，恰恰是为了遏制战争！我热爱和平，我珍爱生命，希望这个世界上永无战争！因为有战争，就意味着有牺牲，我不愿让母亲失去含辛茹苦养育大的儿子，不愿让成长中的孩子没有爸爸的保护，因此，我才要当一个研制武器的科学家！伟大领袖毛主席说：'人不犯我，我不犯人；人若犯我，我必犯人！'为了国土不再被侵占，为了同胞不再遭欺凌，我要让天空有我们最先进的战斗机，我要让海洋有我们最厉害的航空母舰，我要发明最具有威慑力、战斗力的火箭、大炮、坦克……我要让一切侵略者闻风丧胆，让世界永无战争！让和平鸽飞遍全球每一个角落！"

哗！热烈的掌声响起来，科学小组的老师和同学们都为许振超鼓掌，那个本想挑衅他的同学也由衷地鼓起了掌，从此和许振超成了好朋友。

一个学期后，许振超不仅在班里各科成绩全

优，在年级的总成绩也名列前茅。根据青岛二中往年名牌大学的录取情况来看，展现在许振超面前的是一条他最期待的人生梦想之途——高中，清华，博士，科学家，成果显著，拔尖人才，获诺贝尔奖为国争光……

然而，令人意想不到的是，一九六六年，许振超初中才刚上了一年半，"文化大革命"开始了，学校不再上课了。他每天去学校逛一趟就不得不回家了。

许振超预感到自己的梦想要破灭了，他想不明白：为什么学校不再上课？为什么高中不再招生？为什么大学会停办？他年少的心被一种无法消解的沮丧和苦闷浸透着，既为个人的前途，也为国家的命运忧心忡忡，寝食不安。

但生活还要继续，当时摆在大家面前的有两条路，一条是上山下乡，一条是接替父母就业。许振超看到有的同学顶替父母就业了，而自己的父亲还不到退休的年龄，便组织几十个同学去青岛市委请愿，请求允许他们响应毛主席的号召，上山下乡去农村接受贫下中农再教育。但是接待他们的一个干部说,你们还没有初中毕业,不符合上山下乡的条件,应该继续回到学校去。

上山下乡无门,就业无路,学校停课,想当科学家的路也走不通了。即便他再乐观,也会对自己的未来心生忧虑,很是彷徨。他感觉自己似一叶小小的浮萍,没有了方向,没有了主张。

荣登母校名人墙

就在许振超着急上火,彷徨无依的时候,命运之神突然伸出手,在他面前打开了一扇门。

青岛市出台了一个政策,家庭人均收入不足八块钱的可以优先安排就业。就这样,许振超因为家里特别贫困,直接从学校进工厂当了工人。

虽说许振超就业了能挣钱养活自己,也能帮助父母分担家庭的经济负担了,但一九六七年的那个夏天,当许振超离开青岛二中校门的时候,还是忍不住流下了一串串伤心的泪水。

许振超迈着沉重的脚步恋恋不舍地围着二中转了一圈,在心底默默地和二中告别,和自己的梦想告别。他不愿相信就这么离开了带给他无限希望的二中，宁愿相信自己正在做一场噩梦。那时，许振超不会想到，若干年后青岛二中会建造一座名人墙，而自己将成为位列其中的"名人"。

每年的八月八日是青岛二中的校友返校日。在这一天，所有二中校友都可以返校，与学弟学妹们济济一堂，笑谈古今。

每年的返校日都有一个固定不变的重头戏，大家会在时任校长和青岛当地领导的陪同引领下，一同参观学校的名人墙。

名人墙上挂了很多校友的照片，他们都是大名鼎鼎的人物。这些荣登名人墙的校友，既给二中带来巨大的声誉，也是二中历史、文化和精神的展示，还是所有二中校友最优秀、最杰出的榜样。

每一位参观名人墙而自己的名字还未登上名人墙的校友，无不纷纷在心中立下宏愿，一定要努力进取，争取早日登上名人墙。每一个新考入二中的学生都在名人墙前立下誓言，将来一定要在名人墙上占得一席之地。

自一九六七年那个夏天，离别二中后再也没有回去过的许振超，当年做梦也不会想到，当时光奔跑了三十多年后,在二〇〇四年的某一天,自己的一幅二十多寸巨幅彩照会先于自己回到母校,被挂在了名人墙上。在他神采飞扬的照片的右下角,还镌刻着他常说的三句话:

一个人可以没有文凭,但不可以没有知识;

一个人可以不进大学学堂,但不可以不学习;

只有知识才能改变命运,只有发奋学习才能成就未来!

许振超登上名人墙的事,在青岛二中犹如一块巨石投进湖水,一石激起千层浪,引起了校园内师生们的广泛讨论。

"许振超是谁?"

"听说是青岛港的一名桥吊队队长。"

"他有什么巨大成就,能登上学校的名人墙?"

"不太清楚,听说他是咱们学校一名连初中都没有读完的学生。"

"啊!一个连初中都没有读完的人,怎么也能登上名人墙?"

"你们说什么呀,太孤陋寡闻了吧!许振超登上名人墙绝对当之无愧,他的成就和名气半点都不比登上名人墙的其他人逊色！"

"是的，他是青岛市劳模、山东省劳模、全国劳模，还是全国五一劳动奖章获得者！"

"对！他自学成才，凭借三十年如一日的'干就干一流，争就争第一'、爱岗敬业的工匠精神，创造了多项绝活，仅去年就两次刷新世界集装箱装卸纪录！"

"以他的名字命名的'振超效率'享誉世界航运界呢！现在全国范围内已掀起学习许振超的热潮了！"

"啊，全国人民都要学习他，是真的？"

"当然是真的，他是我们青岛市的一张亮丽而骄傲的名片呢！"

"我刚在报纸上看到他，凭他的成就完全有资格登上名人墙！"

"……"

二〇〇四年四月中旬的一天，许振超被请回母校，在明亮的礼堂里，面对一群即将走入考场的高三学生，许振超这位老校友面带谦和的微笑，用亲切朴实的话语，结合自己几十年的工作、生活和学习经历，就像和同学们拉家常一样畅谈现实和理想，虽没有华丽的辞藻，没有一般名人报告的说教，却句句说在了同学们的心坎上，赢得了一阵阵潮水般热烈的掌声。

其中一段话，许振超是这样说的："……人生路上遇到一些风雨，遇到一些挫折不算啥，谁的一辈子都不可能一帆风顺，都是坦途，重要的是不轻易放弃自己心中追求的目标。因为人生是由一个又一个目标组成的，每一个目标都是一座山峰，爬山虽然会很苦很累，但一路也会看到很多你在山下看不到的风景，当你终于爬上一个峰顶，展现在眼前的无限风光会让你觉得曾经为爬上山受的那点苦、那点累真不算啥，你站到山顶时的自豪和喜悦会远远大于你受的那点苦、那点累，而你的人生只有站得更高，才会看得更远，目标也会更远大，你也才会更有勇气去攀登站在这座山峰上又看到的另一座更高的山峰。当你又登上一座更高的山峰，你面前必定展现出一个更为多彩而广阔的世界。如果一个人一辈子没有为自己设定过近期的小目标，远期的大目标，不曾去体验过攀越人生一座又一座山峰所带来的艰辛和更多的惊喜，当你人生的路走到我这个年纪，回首来时路，你的一生将是多么无趣、无味和苍白！希望每一位同学将来在梳理人生、回忆往事的时候，都没有这样的遗憾，好吗？"

"好！"同学们的回答是那么响亮有力。

许振超说得多好呀，礼堂里响起经久不息的掌声。

许振超来了又走了，却把一些思考和话题留给了二中的同学们。听过许振超报告的同学无不敬佩他"不悲观，不绝望，不向命运低头"的精神，钦佩他凭着对工作的热忱和那股子韧劲和钻劲，在平凡的工作岗位上走出了一条属于自己的不平凡的光辉之路，真是太了不起了！

许振超是怎么在平凡的工作岗位上，走出了一条不平凡的光辉之路，成为同学们心目中了不起的人物的呢？这需要我们再回到一九六七年那个夏天，从他离开学校的那一天，接着讲他踏上社会以后的故事。

当上司炉工

那一天,许振超离开学校后,一个人来到大海边。面对一望无际的大海,天性乐观的他深知悲观、绝望都于事无补,解决不了任何问题,必须振作起来,不能因为学业停止和梦想破灭,就让自己停驻在挫折带给他的伤痛里。

于是,他从书包里掏出一个笔记本,找到自己摘抄的那首普希金的《假如生活欺骗了你》。他站在一块高大的岩石上,迎着呼啸的海风,仰望着在蓝天白云间自由飞翔的海鸥,大声地朗诵起来:

假如生活欺骗了你,

不要悲伤,不要心急!

忧郁的日子里需要镇静：

相信吧，快乐的日子将会来临！

心儿永远向往着未来；

现在却常是忧郁。

一切都是瞬息，一切都将会过去；

而那过去了的，就会成为亲切的怀恋。

就这样，许振超平静地接受了命运的安排。第二天，他独自一人去青岛市国棉七厂报到，被分配到动力科，当了一名烧锅炉的工人。

烧锅炉属于重体力工作，每天除了一铁锨一铁锨地往炉膛里填煤，再一铁钩一铁钩地从炉膛里往外扒炉灰，还要用一辆独轮小推车把炉灰推出去，再到堆放煤炭的地方把煤炭运回锅炉房。夏天运得少一些，冬天一天要运三十多吨煤，而且是自己装车卸车，来回都得跑着，稍慢一点儿就赶不上趟儿。

许振超家离国棉七厂四十里路，早班是早上六点上班。轮到上早班，他凌晨三点半就得起床，摸黑走二十多分钟到公交车站排队等车，坐一个多小时的车，再步行十多分钟到工厂。他早上六点整从一个工友手里接过铁锨,一干就是八个小时。有时,他累得腰酸背疼胳膊发软,真想撂下铁锨大哭一场,但是每当眼泪就要流出来的时候,他都会想起法国作家萨克雷的一句名言:"生活是一面镜子,你对它微笑,它就对你微笑,你对它哭,它也对你哭。"

许振超忍住泪水,全厂好几千人的供暖、喝水和洗澡用水,全靠自己这样一铁锨一铁锨地往炉膛里填煤呢。这么一想,一种成就感和责任感便油然而生,浑身顿时又有了力气。

这个身子虽然还很单薄,但干活不惜力气,来回都跑着干的小伙子,很快就引起了厂领导的注意。负责带他的姜师傅也反映说,小许干活踏实,勤快认真,参加工作前是二中的尖子生,应该是个可以培养的好苗子。

既然是好苗子,没有人会不爱惜,厂领导很快便给许振超调换了一个工种,把他从工作繁重的动力科调到了相对轻松的纺纱车间,去当一名推纱工。

从锅炉工到推纱工,可以说是苦尽甘来了,因为推纱不像烧锅炉那么累,一天到晚下死力气,更不像锅炉工那么脏,每天浑身上下连牙齿都是黑的。所以,当许振超突然接到去纺纱车间工作的通知时,想到以后每天都可以穿得干干净净了,他高兴得差点儿没跳起来。

那天许振超走在下班的路上,不由得哼起歌来,还拐进十字路口的国营饭店去给姥姥和自己买了一蒸笼包子。

姥姥看见包子,吃惊地叫道:"呀!你这孩子咋不知道过日子,买这东西吃得多糟蹋钱呀?"

"姥姥,咱今天就得吃点好的!"许振超笑得满脸灿烂,把自己换了工种的事告诉了姥姥。

"啊哈!是这样呀!"姥姥不仅不再嫌许振超乱花钱,还高兴地从碗柜里拿出上次姥爷回来喝剩下的半坛子白酒,给许振超倒了小半盅。

"好!我喝,我已经是成年人了!"那一天,是许振超平生第一次喝酒。

许振超和姥姥一起生活,是他在上班后的第一个月向爸妈提出来的。他对爸妈说:"俺姥姥年纪大了,又是小脚,俺姥爷跑船有时好几个月才回来一次，姥姥身边没有人照顾，万一有个闪失可咋办？反正我现在也不上学了，不如就搬去和俺姥姥一起住，挣的工资也一半给姥姥，一半给你们，你们说行吗？"

妈妈看看爸爸，他们都很感动，连连点头，许振超这样懂事又有孝心，他们一致同意他搬到姥姥家去照顾姥姥。

就这样，许振超搬到了姥姥只有十几平方米的家，每天帮姥姥提满一缸水，晚上给姥姥端尿盆，早上给姥姥倒尿盆，夏天给姥姥扇蒲扇，冬天给姥姥运煤，生炉子，烧热水让姥姥泡脚。

当时，许振超每月工资只有二十一块钱，但从工作的第一个月起，他就每月给姥姥十块钱，让辛苦了一辈子的姥姥改善生活。从一九六七年一直到一九七九年他结婚，十二年间，一个月都没有间断。

那天傍晚，姥姥听说许振超换了轻松干净的工作，非常高兴，皱得像核桃皮一样的脸笑成了一朵花，一蒸笼包子她一个也不舍得吃，想让出了一天苦力的许振超都吃了，但是许振超很执拗地说：

"姥姥，您要是不吃，我一个也不吃！"

"好好好！俺吃俺吃。"姥姥咧着快掉没了牙的嘴，笑得很爽朗地说，"这是俺大外孙子孝敬俺的大包子，俺吃了心里幸福得比蜜还甜，吃一个能长命百岁！"这时，许振超又夹起一个包子放到了她碗里，她便接着说，"吃两个一准儿能活两百岁。"看到许振超又要给她夹第三个包子，姥姥赶紧用一只手盖住碗说，"要是吃三个，就会撑得马上瞪眼又伸腿！"

"哈哈哈！"许振超大笑着说，"姥姥，您要是真活上两百岁，那还不成妖精了？"

姥姥看到许振超夹着第三个包子，伺机放到她碗里，便虎着一张脸说："怎么？想把你姥姥撑得马上就瞪眼又伸腿，不想让俺活到两百岁？"

"想想想，非常想，"许振超哈哈笑着说，"别说您活到两百岁，您就是活到两千岁，俺都会好好孝敬侍奉您！"

"哈哈哈，俺要是真活到两千岁，俺大外孙子还能照顾俺，咱祖孙俩可就都变成妖精了！"

"哈哈哈……"

当上司炉工

掉进"女儿国"

那天傍晚,许振超和姥姥是那么快乐。晚上躺在床上要睡觉的时候,许振超还在心里暗下决心,当了推纱工就一定要好好干,用实际行动报答厂领导对自己的关心和照顾。

不料,第二天,许振超一走进纺纱车间,顿时就傻眼了。

因为在偌大的一个有两百多人的车间里,一眼望去,全是大姑娘和小媳妇,清一色的女工。三天后,他听说车间还有两个男的,但他们是三班倒,平时连面也见不到。

妈呀,我这不是掉进了"女儿国"吗?他心里不由得呼喊,快救命呀!我宁愿再回锅炉房出大力流臭汗。

许振超在纺纱车间的工作很简单，就是负责把纱装满纺纱女工面前的纱车。说实话，这份新工作确实很轻松，可许振超却感觉不到轻松，他感觉好累。这个累不是身体上累，而是心里累，因为不管他走到哪里，都有一双双想捉弄他的眼睛盯着他看，这令他手足无措，浑身上下不自在。

他越是拘谨，那些女工就越想拿他寻开心。有时她们趁许振超低着头专心往纱车上补纱的时机，会悄悄在他的后背贴上一个事先用废纱做好的小乌龟，或一条大姑娘才有的长长的麻花辫子，有时她们还会趁许振超休息的时候，一起动手把他埋进棉纱里……

每次出现这样的恶作剧，女工们都会笑翻天，许振超则总是涨红着脸，而且更尴尬的是，他不知道自己的背上有一条长长的麻花辫子，还是有一只调皮可爱的小乌龟。

许振超又气又恼，也曾气呼呼地拿着"罪证"去找车间主任告状，每次主任还没听完就前仰后合地哈哈大笑起来。

哼！主任不但不去批评欺负人的"恶人"，反而幸灾乐祸！许振超在心里愤愤不平，更生气了。

车间主任不去批评搞恶作剧的人，是因为他心里明白，那些女工不仅没有恶意，还都很喜欢许振超这个有些腼腆、个子细瘦高挑、鼻梁笔挺、眉清目秀的小伙子，她们这样搞恶作剧，无非是想在单调乏味的工作中找一点儿乐子。

许振超对此无比苦恼，有时回到家里还会忍不住唉声叹气，姥姥知道原因后，不但不安慰他，还鼓动许振超说："大外孙子，你看看哪个大妮子好，给俺领到家里来，让俺瞧瞧咋样？"

"姥姥！"许振超不快地喊道，"你怎么也这么说？"

"我这么说可没错，你都是大男人了，能挣钱养活姥姥了，也该找个媳妇，让俺抱上大外重孙子了。"

"姥姥呀！"许振超真恼了，"再说我就不在您这儿了，我回爸妈那边去了。"

"你回呀你回呀，你这没良心的，姥姥都这把年纪了，想抱个大外重孙子你都不肯答应。"

掉进"女儿国"

许振超哪舍得让姥姥生气，赶紧软下语气来说："姥姥，我不是不肯答应您，您看咱家这么穷，谁愿意跟咱？"

"咱家虽说穷是穷了点，"姥姥理直气壮地说，"但俺大外孙子人好呀，长得一表人才不说，正直善良，多才多艺，别说百里挑一，说万里挑一也不过分，谁家的闺女跟了俺大外孙子，谁家有福气！你可要可着劲儿，睁大眼睛给姥姥挑个最好的！"

"还最好的，"许振超撇撇嘴说，"连一般好的都没有。"

"那可不中，"姥姥很认真地说，"早晚你得给俺挑个最贤惠、最善良、最俊美的领回来才行，不然俺可相不中！"

许振超和姥姥讲不通，便鼓起勇气去找领导，请求领导让他再回锅炉房。领导了解到他在纺纱车间很受欢迎，就没有答应他的请求。工友们听说他想再回锅炉房，都笑话他，说他身在福中不知福。

许振超一点儿也不认同工作轻松就是身在福中，他觉得他目前的工作机械、单调、乏味，每天都是重复昨天，完全不需要动脑子，甚至不需要下力气，觉得自己就像个只会干活的机器人。

"我整天和一群女人在一起工作，时间长了我会不会也变成一个女的呢？"有一次，许振超很认真地问姥姥。姥姥当时正在喝茶，笑得一口水喷在了他的脸上。

许振超一点儿都不觉得好笑，他叹了口气，正要提起包去上班，姥姥一把拉住他，笑眯眯地说："大外孙子，最近见到过许金文吗？"

姥姥一提许金文，许振超的心不由得咚咚跳起来。许金文家和他家是邻居，他俩小学也在一个学校上学，许金文比许振超小两岁，人长得漂亮，文静善良，和许振超可以说是青梅竹马，两小无猜。

许振超红了脸："姥姥，您怎么突然问起金文来了？"

姥姥大笑着说："你要是能把金文娶回来，姥姥一准儿高兴得把牙全笑掉了。"

许振超扑哧一声笑了，他指着姥姥已经掉没牙的嘴，哈哈笑着说："姥姥，您嘴里最后一颗牙，上个月就已掉了。"

"啊！"姥姥赶紧捂住嘴说，"还……还有一颗呢，在……在最里面，你看不见！"

许振超笑着摇摇头，提起姥姥为他准备好的晚餐——两个粗面饼子和他爱吃的炸小鱼干，和姥姥挥挥手，在姥姥关切的目光下出门上班去了。

有魔力的消息

许振超做梦都盼着换个工作，他认为，男人就应该在一个充满挑战、充满力量、激荡着阳刚之气的地方干活，可眼下已经在这个"女儿国"工作好几年了，什么时候才能熬到头儿呢？

面对失意，果戈理说："不要灰心，不要绝望，对一切都要乐观。"普希金说："不要悲伤，不要心急！忧郁的日子里需要镇静：相信吧，快乐的日子将会来临！"好吧，我要乐观，我不要心急。

那一天，许振超像平常一样，一边开导着自己，一边慢腾腾地走在回家的路上，还没等走进门，就听见姥姥的小屋里传出一阵笑声。许振超以为是姥爷回来了，姥爷一回来家里就会有鲜鱼吃，不像平时，只能吃小咸鱼干。

许振超立马高兴起来，三步并作两步奔进屋去，原来是许金文来了。

许金文听说许振超想调工作，却苦于没有门路，便来告诉姥姥，现在有一个对调政策，两个不在同一个城市或单位的人，只要愿意相互对调，就可以办理对调手续。

"真的？"这个消息似有一股魔力，让许振超眼前忽地一亮。

"金文说的还能有假？"

"那……那这可真是一个好办法呀！"

"金文还说了，在中山公园和百货大楼那里的路灯柱上，贴着很多想对调的消息呢！"

"那我现在就去看看。"许振超立即冲出了家门。

当天，许振超在百货大楼和中山公园门口的灯柱上确实看到了几张想对调的信息，但都是在济南、北京等外地工作的青岛人想对调回青岛的，也有在青岛工作的外地人想对调回自己的城市的，但青岛本地想在本地对调的却一个也没有。

许振超不死心,除了三天两头跑去看对调信息外,他还托亲戚朋友帮他打听,同时把自己的对调信息工工整整地写在信纸上,拿去贴到灯柱上。

可一晃两个多月过去了,对调的事一点儿进展也没有。就在许振超感到机会有些渺茫的时候,许金文通过她表哥帮许振超打听到,青岛港有个码头工人想对调到国棉七厂去。

那天,许振超下班回家,从姥姥手里接过许金文留给他的字条时,大喜过望。

青岛港正是许振超最想去的地方,这不光是因为青岛港名气大,码头工人工资高,最主要的是他觉得那里是一个可以释放自己能量的地方,是自己梦寐以求的地方。

许振超欢呼着说:"姥姥!这就叫'踏破铁鞋无觅处,得来全不费功夫'!"

"大外孙子!这叫喜从天降,美梦成真!"姥姥也欢呼着说。

许振超想和姥姥击个掌,不料用力有些猛,险些把姥姥击倒在地上。

在许金文和她表哥的帮助下,许振超很快就和

有魔力的消息　　61

那个想和他对调工作的人见面了。那个人和许振超一样，也是个二十出头的小伙子，他对许振超说，自己想对调，是因为国棉七厂离他家近。

后来许振超才知道，那小伙子想对调是因为国棉七厂女工多，好找对象。而青岛港虽然名气响当当，但几乎全是男工，而且工作又苦又累，被人称作"老搬"，"老搬"不好找对象也是当地出了名的。

当然，许振超才不关心对方要对调的原因，他关心的是这事最好能快一点儿办成，越快越好。

许振超说："你想到七厂，我正好很想到青岛港，既然咱俩都同意，咱们就都加快速度办手续好不好？"

"好！没问题，我也很想快一点儿办成。"那个小伙子说。

不承想，对调的事一拖就是大半年，问题出在许振超这边。原因是国棉七厂爱惜这个无论在什么岗位上都能兢兢业业、踏实工作的好员工，答应可以给许振超换工种，但坚决不同意放行。

既然能换工种，许振超认为不对调倒也行，但他觉得这样很对不起那个小伙子，人家为这事已经等了半年多，且放行的大红章都盖好了。于是，许振超向领导努力争取，最终，他的坚持打动了领导。

姥姥的饺子

一九七四年七月的一天,许振超拿着一纸调令,高高兴兴地到青岛港务局报到了。他走在港区宽敞的大路上,凉爽的海风吹来,海鸥鸣叫着在头顶飞翔,想到自己从此就要在这里工作了,他的心中充满无限的喜悦和憧憬。

他看到码头上正在作业的高大吊车,情不自禁地唱起当时风靡全国的《海港》里那段几乎人人都会唱的现代京剧来:

"大吊车,真厉害,成吨的钢铁,它轻轻地一抓就起来……"

许振超一路唱着歌,到港口码头报到,当了一名皮带机电工。

那天，许振超一下班就急匆匆地往家赶，他想快点把好消息告诉姥姥。一进家门，他就大声说："姥姥，我现在是一名皮带机电工了！"

姥姥高兴地问："皮带机是干啥的，你不是想开大吊车吗？"

"是呀，我做梦都想开大吊车，不过当皮带机电工也很棒。"许振超眉飞色舞地说，"姥姥，皮带机是一种运送货物的机器，什么大矿石啦，成麻袋的粮食啦，它都可以运送……"

许振超正说着，突然看到小餐桌上放着一盖垫包好的饺子，不由得惊喜地叫道："饺子？姥姥您包饺子啦？"

"嗯。是鲜鲅鱼馅的！"姥姥喜滋滋地说，像是有什么大喜事。

对，一定是有什么大喜事，如果没有大喜事，他们家除了过年可从来不包饺子。可是，有什么大喜事呢？

许振超眨眨眼睛，歪着脑袋一想就知道了，自己如愿以偿去了青岛港，姥姥一定是为这件大喜事特意包饺子庆贺呢。

许振超心里泛起一股暖意,因为太高兴太感动,他一下子把姥姥拦腰抱起,转起圈圈来。

"哎哟!快放下!快把我放下……"姥姥被转得晕头转向,找不着北。

许振超把姥姥扶到椅子上,一边给姥姥扇蒲扇,一边迫不及待地说:"姥姥,咱啥时候下饺子呀?"

姥姥笑着说:"你快去叫金文来,金文一到,就下饺子。"

"叫……叫她?"许振超一紧张,手里的蒲扇掉到了地上。

许振超这才明白,原来姥姥包饺子不是庆贺自己去了青岛港,是为了感谢许金文的帮助。要说感谢,许金文是许振超在这个世界上最感谢的人,为了许金文,让许振超干什么他都不会说半个不字,但他却不肯去叫许金文来吃姥姥为感谢她特意包的饺子。

姥姥说不服许振超,急得直叹气,却拿他一点儿办法也没有。

许振超不忍心惹姥姥生气,便用讨好的语气和姥姥商量:"姥姥,我就算去叫,人家也不会来的,您这饺子不也白包了,不如您把饺子煮好了,我送到她家去,这样岂不更好?"

姥姥想不出更好的办法,只好同意了他的建议,把煮好的饺子一个一个仔细地夹到一个大碗里,用干净包袱系好,让许振超趁热快给金文送去。

许振超表面上很痛快地提着包袱出了家门,心里却早就打好了别的主意。他想自己去送难免会引起误会或猜疑,不如回家一趟,让二弟或三弟跑一趟腿,不就万事大吉了。

那天偏巧二弟和三弟都不在家,许振超只好交代四弟说:"我的事都是你金文姐帮忙才办成的,姥姥特意包了饺子感谢她,你快趁热帮我送到她家去。"

"好嘞!"四弟答应一声,提着包袱跑出了家门。

四弟只有十一二岁,正是长身体的年纪,别说能吃上一顿饺子,就是粗茶淡饭也时常吃不饱肚子。现在他手里提着一大碗热乎乎、香喷喷的鲅鱼馅饺子，走着走着就有点迈不动步了。

"我就尝一个，只尝一个。"

四弟心里这样想着，就打开了包袱，看着诱人的饺子，他打算尝一个。可是饺子太香了，尝完一个没忍住又想尝第二个，不知不觉又尝了第三个……当尝到只剩下半碗饺子的时候，他一下子吓蒙了！天哪，怎么只剩下半碗了？这还怎么去送呀？小孩子想不出别的办法，只好一不做二不休，把剩下的饺子全吃了。

绝活是怎么练成的

许振超当了一名皮带机电工,工作虽然不累,但是皮带机总是三天两头出故障。机器一出故障,货物就不能用皮带机运送,如果一时半会儿修不好,偏巧又赶上是急活,装卸工人就得靠出苦力人工运送。

许振超看在眼里急在心上,为了减轻装卸工人繁重的体力劳动,提高装卸效率,许振超决定用知识改变现状。

"我可以没有文凭,但我不能没有知识。我可以不上大学,但我不能停止学习。我只要不停止学习,就不会停止进步!"

从此,许振超利用休息时间,认真学习电工知识，他从一张张电路图入手，逐渐摸透了皮带机老"发脾气"的原因，及时调整养护。渐渐地，由他维护的皮带机再也不在工作的时候撂挑子了。

"小许，真有两下子！"师傅高兴地夸赞他。

同事们也都很惊讶地说："小许太厉害了，皮带机这头犟驴，在他手里居然变成一头顺毛驴了。"

许振超也很高兴，学习劲头更足了。平时那台皮带机若是出了故障，只要有他在，用不了一小会儿工夫，机器又顺从地运转起来。

最高兴的还是那些出大力、流大汗的装卸工人，他们向许振超竖起大拇指，纷纷感谢他："许小弟，你太棒了，太感谢啦……"

"不客气，都是为了工作。"许振超好开心，只要皮带机不出故障，装卸工人就不用那么辛苦，既能顺利完成工作，又能节能环保，为国家多创造财富。

年底的一天，许振超正在专心工作，突然听到有人喊他的名字，说领导让他去办公室一趟。原来，因为他在皮带机电工岗位上的突出表现，他已经被选定去当门机司机。

"哇！这简直太美了！"许振超在心里欢呼。

门机是由电力驱动、有轨运行的臂架式起重机，在当时可算是青岛港最先进、最昂贵的装卸机器。来青岛港工作的这段时间，许振超每次走在上下班的路上，看到码头上正在作业的门机，都会忍不住驻足痴迷地张望。门机直指蓝天的长臂，力大无比的大钩头，总会让他心驰神往和赞叹，他情不自禁地就哼唱起：

"大吊车，真厉害，成吨的钢铁，它轻轻地一抓就起来……"

许振超做梦也没想到，自己来青岛港不到半年，就能如愿以偿地开上大吊车，这简直就是人们常说的美梦成真呀！

他心里那个美呀！心想港口有这么多工人，自己能被选上去开门机，说明领导信任他，一定要好好干活，用"干就干一流"的好成绩，感谢领导对他的信任。

学会开门机的那一天，许振超骄傲地告诉姥姥："姥姥，我只用了七天，就第一个学会开门机了，我是所有一起学习开门机的学员中第一个上岗独立开门机的。"

"俺大外孙子是最棒的！"姥姥笑得满脸的皱纹都舒展开了。

但是，会开门机容易，可开好就难了。师傅开门机，钩头起吊平稳，钢丝绳走的是一条直线。到了许振超手里，因为钩头稳不住，钢丝绳直打晃儿。他第一次操作门机作业，是往火车厢里装矿石，他一钩放下去，撒在外边的矿石比装在车厢里的还多。

坐在驾驶室里的许振超，看到工人们都赶忙拿着铁锹去清理，他们多付出辛苦不说，还误工又费时，许振超心里很是慌乱和着急。可是，另一钩放下去，装进车厢里的矿石又多出来许多，工人们又得赶忙爬上车厢去费力地往下扒拉……有个工人生气地抬起头瞪着许振超，把小拇指朝下伸，好像在说，你真差劲。

许振超心里又羞愧又憋气。等作业完毕，别人都休息去了，他继续留在门机上一遍又一遍地练习停钩、稳钩。

经过一番苦练和用心琢磨，许振超很快心领神会，要想门机开得好，熟练掌握手里的操作杆是关键。对操作杆的感觉和掌控能力，是检验一个门机司机技术高低的试金石。因为一推杆，吊杆伸出去，钩头自然就跟着荡过去。如果吊杆停下，而操作跟不上，钩头就会随着惯性继续往前荡。这就需要不停地收拢和变换操作杆的位置，才能将吊杆、钩头和下面的抓斗找准、找齐、找正，才能保证门机操作稳定。

"好，找到了问题所在，那就练起来！"许振超对自己说，"台上一分钟，台下十年功！卖油翁把油精准地注入葫芦，他是怎么做到的？无非就是熟能生巧！除了一个'练'字，别的啥都不好使，好技术可不是凭空来的。"

于是，别人休息的时候，他在练，别人吃饭的时候，他在练，别人下班走了，他留下继续练。吃饭的时候，他琢磨，睡觉的时候，他琢磨，走路的时候，他仍在琢磨，坐在公交车上的他一边琢磨，一边把手推来推去找感觉。

"我当不了科学家，但可以练就一身绝活，做个能工巧匠，同样无愧于时代，无愧于港口对我的培养。"

许振超心里这样想着，通过一番勤学苦练，用心琢磨，很快就做到了"四稳"，即起钩稳、落钩稳、转杆稳、变幅稳。手中的操作杆变得就像是长在他身上的一条手臂，渐渐操作得得心应手，几乎达到了与其心意相通的程度。

几个月之后，许振超驾驶门机的技术娴熟程度已经超过了师傅。

"一钩准"是他练成的第一个绝活。

一钩矿石轻轻吊起来，稳稳落下去，不多不少，正好装满一车皮。

"真是绝了！'一钩准'不可思议！"下边的工人无不惊叹、欢呼！

大家纷纷表示，看许振超操作门机比看大戏还过瘾！如此真实，却又那么令人难以置信。

继续埋头苦学

许振超的第一个绝活"一钩准"练成后不久,又开始苦练第二个绝活——"一钩清"。

那是在干散粮装火车作业的时候,许振超发现粮食颗粒小,容易撒漏。虽然在装散粮的过程中,适当撒漏一些是被允许的,但是许振超觉得粮食撒进大海里,实在太可惜。于是,为了少撒或尽量不撒粮食,他动起心思来,经过一番琢磨,他在工作之余吊起满满一桶水,反复练习走钩头,直至练到钩头在作业过程中滴水不洒。等他再去装散粮,抓斗下去,从舱内到车厢内平平稳稳,一点儿不撒,第二个绝活——"一钩清"又练成了。

许振超在苦练技术和绝活的同时,对门机

的构造、电控原理等知识也开始认真钻研学习。因为门机也像皮带机一样，时常会发脾气，撂挑子。

就像那天中午，许振超完成上午的作业后，正准备利用中午吃饭的时间见缝插针地练绝活，可一不留神，胳膊碰了一下电闸，门机突然断电了。就像一个活蹦乱跳的人突然瘫痪了似的，许振超一下子蒙了，无从下手。

下午还有一个急活呢，这可怎么办？

正是吃午饭的时间，许振超也顾不上了，火急火燎地去找于师傅："于师傅，我的门机断电了，一动也不动！请您快去看看吧！"

于师傅看许振超急得直冒汗，以为出了什么大故障，赶紧到他的门机上。检查后发现，只是门机控制器上的电源线出了点问题，稍微调整了一下，门机就立刻恢复正常了。

"于师傅，谢谢您。"许振超感激地说。

"没啥，只是一点儿小毛病，看把你急成那样。"于师傅笑着说。

从那天起，许振超决定学习维修门机。按说

维修门机不是他分内的工作，他只需要会开门机就行。门机坏了，可以请维修师傅来修，但是许振超不这么认为，他想：万一门机坏了又恰巧于师傅不在，该怎么办？虽然可以停工等他来修，但那得耽误多少宝贵的作业时间呀，如果当时正好是一个必须抢时间、抢工期的作业，那可怎么办？如果自己掌握了维修技术，有故障能及时维修，没有故障就做好养护，防患于未然。门机不出或少出故障，一是不影响正常作业，二是多为国家节能，三是延长门机使用寿命，岂不是一举多得？

想法虽然很好，但对初中只读了一年半的许振超来说，学习复杂的门机维修技术，难度可不是一般的大，但是许振超深信，只要功夫深，铁杵磨成针！

从此，许振超在港口就继续操作门机练绝活，研究门机图纸。他回到家里就利用一切可利用的时间，抓紧看书学习。很快队里仅有的几本维修方面的书他全学完了，觉得还不够，就到处借书看。但是那时候电工和机械维修方面的书相当缺乏，没有地方再能借到书了，他便从伙食费中节省下钱来买书看，新书买不起就买旧书。有一次下了夜班后，他骑车跑了四十多里路，从港口所在地的西郊跑到东郊的李村，去那里一个很大的旧书集市买书。他欣喜地买到了《工业电器入门》《电子机械与维修原理》《机械故障的发现与处理》等几本专业书，回到家里都顾不上吃饭就认真研读起来。

"开饭了！开饭了！"姥姥把粗面饼子和小咸鱼干端上餐桌，一连叫了他好几声，他硬是没有一点儿反应。

看到许振超看书看得如此废寝忘食，姥姥非常不高兴，一个二十好几的大小伙子了，整天抱着一本一本的书看，完全不把自己的终身大事放在心上，这怎么能行呢？

姥姥拜托亲戚们给许振超介绍对象，可是见面回来后，姥姥问他姑娘咋样，许振超答非所问，没头没脑地说："姥姥，在许金文出嫁之前，我不想找对象。"

"噢。"姥姥心里一下子明白了。

许大拿,你真厉害

那一天,许振超和工友们正在干一个比较急的活,突然工友小刘的门机运转出现异常,小刘赶紧变换操作杆的控制力却无济于事,随即驾驶室里响起机械的报警声。

小刘慌了神,赶紧去请于师傅,可偏巧于师傅不在,情急之下,他抱着病急乱投医的心态,去请许振超过来看看情况。

许振超来到他的门机里检查了一会儿,说:"一个时间继电器坏了,我觉得可能是气囊出毛病了。"

小刘问:"小许,你能帮我修修吗?"

许振超有些犹豫,虽然自己看了一些理论方面的书，但毕竟还没有动手维修过门机故障。

小刘看着许振超，央求道："可以吗？"

许振超想了想，觉得自己的诊断应该没错，如果等于师傅来，就会使作业不能按时完成，于是他点点头，撸起袖子将机械打开，拆下那个他认为出了问题的时间继电器气囊，更换上一个新气囊，又对继电器里的两个元件做了调整，接着启动门机，一推操作杆，门机恢复正常了。

"哇！你是怎么做到的？"小刘又惊讶又高兴。

这次成功的经验让许振超备受鼓舞。从此，他一方面刻苦学习理论知识，一方面积极找机会实践练习。只要不作业的时候，他便成了于师傅的跟屁虫，于师傅去哪台门机搞维修，旁边必定会出现许振超的身影。

许振超还大胆地向于师傅提出一个建议："于师傅，下次能不能先让我说出问题出在哪里，您来指正？"

"好呀！"于师傅很痛快地答应了。

许振超又说："如果我把问题找准了，能不能让我动手维修，您在旁边指导？"

"没问题。"于师傅同意了，还说，"小许你很聪明好学，最近几次状况分析得也都很准确，这样吧，以后你的门机如果有问题，你就自己修吧。其实，这是一个熟能生巧的过程，你现在理论上已经比较过硬，再多上上手，以后咱们门机队的维修'大拿'就该是你许振超了。"

工友们听见了，笑着对许振超说："怎么，你不想当门机司机，想当维修师傅了？"他装作没听见，只一门心思地观察于师傅如何给门机把脉、诊断、修理，他用心地把修理过程中的一些体会和要点记录在一个红皮的小本子上。

哈，说起这个小本子，别看它普通，却是许金文送给许振超的定情物，扉页的正中间盖着个大红戳，戳上的字是：市北区职工运动会纪念。那是一九七二年，许金文参加市北区职工运动会，得了女子百米跑的冠军，这个小本子是奖品。许金文很珍爱这个小本子，好几年都没舍得用。直到一九七五年秋天，在姥姥的撮合下两个心意相通、志趣相投的年轻人开始恋爱时，许金文才把这个宝贝似的小本子送给了许振超。

这个小本子是许振超最珍爱的物品，一开始也不舍得用，但是后来他想，如果用最珍爱的小本子来记录对他而言最有用的东西，还能每时每刻带在身上，岂不是比天天锁在抽屉里更有意义？

在小本子的第一页上，记录的内容是，门机的构造原理及常见故障。所以，这个小本子既是许振超和许金文美好爱情的信物，也是许振超在工作上的一个宝贵法器，上面密密麻麻地记录着门机故障、维修和养护的一个又一个"秘方"。

当这个小本子被记满的时候，许振超已经成了名副其实的"许大拿"了。平时，若是许振超自己的门机出了问题，他就及时排查维修，若是其他司机的门机坏了，他们竟然不去找于师傅，而是直接来找许振超，因为有些"疑难杂症"连于师傅也"无能为力"，许振超则能"手到病除"。

每当许振超解决掉一个连技术员也解决不了的问题时，同事们都会竖起大拇指，由衷地说："许大拿，你真厉害！"

咱不能被洋文吓趴下

"一钩清"绝活练成后不久,许振超发现,门机在吊装散粮时,吊具一抓斗抓起的重量为十吨。要准确地把抓起的十吨粮食装入长十二点五米、宽二点七米的车厢,很难做到不把粮食撒出来,因为吊车的抓斗张开有三四米宽,比车厢还要宽许多。

为此,许振超又琢磨起来,如果能把抓斗的嘴张开在一个合适的尺寸,粮食就有可能不被撒出来,这样不仅能降低装卸工人的劳动强度,更能节省出许多作业时间。于是,他一边反复练习抓斗的嘴张到多大才能不撒出粮食来,一边反复推敲,终于找到了最合适的尺寸。又一个绝活——"一钩净"被他练成了。

许振超因为有了"一钩净"这个绝活，活儿干得干净利索，大大减轻了装卸工人的二次劳动，所以，他开的十三号门机成为最受装卸工人欢迎的门机，谁都争着跟他搭班干活。

除了苦练绝活，许振超还在门机上搞起小发明来。经过反复琢磨，他在自己开的门机上加了一个小踏板开关，这让他的门机工作效率提高了近两倍。很快，这个发明也在全队推广开来。

许振超整天忙着练绝活，搞技术革新，结婚的大事却迟迟没提上日程，这下姥姥又不高兴了。在姥姥和父母的一再催促下，已经二十九岁的许振超终于在一九七九年四月二十五日和许金文结婚了。

因为没有钱操办婚礼，许振超便带着许金文去了一趟上海，算是旅行结婚。许振超对许金文说："对不起，没能给你一个像样的婚礼，但咱们总得留下一点儿难忘的回忆。"他除了带许金文多逛了一些景点外，还带她去拍了一张婚纱照。这在当年可算是一件既浪漫又奢侈的事，因为那时候青岛还没有地方能拍婚纱照，许金文因这张婚纱照，被小姐妹们羡慕了好一阵子。

每到休息日,许振超会变着法子给许金文做好吃的东西,他还喜欢带许金文去海边喂海鸥,看浪花,看被夕阳染红的大海。他还经常借来一台黑白照相机,带许金文去公园和海边拍照。至今,许金文仍然保留着那些珍贵的照片,几乎每一张照片的背面都有许振超写的小诗。其中有一张许金文坐在海边的照片,背面写着:"海域生来海岛长,海边姑娘爱大海,今朝又得海边坐,浪花拍岸笑开怀。"

这些富有生活情趣的浪漫小诗和许振超的关爱体贴,让许金文觉得自己是这个世界上最幸福的女人。一九八一年,他们的女儿小雪出生了。三十一岁的许振超当上了爸爸,用他自己的话说就是:"我先成了这个世界上最幸福的丈夫,现在又成了这个世界上最幸福的爸爸!"

一九八四年夏天,青岛港成立集装箱公司,许振超因为在门机队的突出表现,被公司选为第一批桥吊司机。

许振超听到这个消息后心情无比激动,因为就在不久前,他刚在电视上看到广州港集装箱公司成立的盛况，看到码头沿岸一字排开的几台巨型桥吊，那种大家伙装卸起集装箱来又快又稳，显然不是门机能比的。

许振超虽然被选为青岛港第一批桥吊司机，但并不是一选上就能开上桥吊，因为新成立的集装箱公司正在建设中，从上海港口机械厂订购的桥吊也还没有运到青岛港。许振超心想，我可不能把时间白白浪费在空等上，于是，他想方设法借到一套桥吊结构图纸，准备提前熟悉桥吊的情况。

不料，许振超拿到图纸后，打开看了一眼就蒙了：门机结构图只有一张图纸，他现在闭着眼睛都能画下来，可桥吊结构图纸却是厚厚的一大本，有一百多页，而且还全是英文，他完全看不懂。

别的司机劝他说："看不懂就别看了，等桥吊到了我们学会开就行了，反正领导也没要求我们看懂图纸。"

许振超摇摇头说："咱们是公司挑选出的第一批司机，以后必定还要带徒弟，看不懂图纸怎么行？"

另一个司机问："不行怎么弄？都是英文，你能看懂?"

"看不懂就学,"许振超语气坚定地说,"咱可不能被这些洋文吓趴下。"

不久,许振超和另外四名司机被公司派到上海港学习桥吊驾驶技术。休息日,别人都去逛大上海了,而许振超去了一趟书店,买回一本《英汉词典》来。他独自守在宿舍里,对照着词典和桥吊结构图纸上的一个个英文单词较起劲来。

当三个月的学习结束时,许振超虽然还是看不太懂那些英文,但是经他艰难翻译的算不上很准确的文字,已经帮他粗略看懂一部分图纸了。

一九八六年,青岛港第一台桥吊在许振超的参与和监督下终于安装完毕,高高地矗立在青岛港码头上。许振超当上了桥吊司机,一有空,他就捧着词典和图纸钻研,天天学习到半夜。

桥吊作业有高、低速减速区,许振超发现,减速早了装卸效率下降,减速太迟又影响安全。于是,他带来皮尺反复测试,终于成功地将减速区调到了最佳位置。以前一台桥吊一小时吊十四五个箱子,经调整后能吊二十个箱子,使作业效率一下子提高了约百分之三十。

渐渐地,许振超摸透了桥吊的脾气,桥吊开得得心应手。"一钩准"曾是他开门机时练就的绝活,如今经过反复琢磨和长时间练习,他又在桥吊上练成了同样的绝活。

业余时间,许振超除了尽量多承担家务,他还喜欢把女儿小雪扛到肩膀上,到码头上去看大船,看海鸥,看浪花,看爸爸开的大家伙。

小雪才四岁多,就被许振超教会了唱"大吊车,真厉害,成吨的钢铁,它轻轻地一抓就起来……"

许振超扛着小雪一边走在码头上,一边一起放声歌唱,一个声音高亢豪放,一个声音稚嫩可爱。一群海鸥围绕着他们飞,仿佛被这对父女的歌声迷住了。

有人问小雪,你长大了干什么?小雪会不假思索地指着爸爸开的大家伙,奶声奶气地说:"我长大了开大吊车!"

"哈哈哈!"在场的人无不开怀大笑。

咱不能被洋文吓趴下

要求人人练绝活

一九九一年,许振超当上了桥吊队队长。上任后,他想要做的第一件事就是为国家节省外汇,为青岛港节约开支。

许振超发现,桥吊控制系统用的可控硅元件全靠进口,而可控硅元件每两周左右就要烧坏一个,每换一个可控硅元件就要几百美元。他算了一笔账,一年下来,光更换可控硅元件,青岛港就要花好几万美元。他想:这种可控硅元件结构并不复杂,完全可以在国内生产加工。

经过多方打听,许振超得知青岛有家电子元件厂,专门为航空航天工业部生产电子元件。他立即前去洽谈,可是主管工程师以产量少、成本高为由拒绝了他。许振超不甘心,一次被拒绝又去第二次,还带着自己设计的图纸请工程师指导。

最后,他干脆把工程师请到港口,带他一起爬上桥吊。站在高大的桥吊上,工程师看到那么复杂的结构和精妙的技术,终于被许振超的敬业精神感动了,他说:"真不敢相信,你这样一名普通的桥吊司机居然有如此的科技热情和报国之心。好吧,这件事我答应了!"

随后,他们一起探讨研制,从十余个品种中筛选出了一种性能最可靠的可控硅元件提供给青岛港。经过试用,其性能完全可以取代国外进口的产品,而价格却不到后者的百分之一。

能为国家和海港省下这一大笔开销,许振超兴奋了好一阵子。

许振超当队长后做的第二件事是:要求桥吊司机人人都要练成"无声响操作"这个绝活。他发现,桥吊故障百分之六十是吊具故障,主要是由于起吊和落下时速度太快,吊具与集装箱碰撞造成的。个别司机在作业时总是把吊具猛地放下去,不仅容易毁坏吊具,客户船上的设备也被撞得稀里哗啦的，既损坏财物，也有损青岛港甚至是中国工人的形象。

在队会上，许振超说："……目前我们的操作模式，不仅桥吊容易出故障，货物也不安全，我要求每个人都必须练成'无声响操作'这个绝活！"

"啊，无声响操作……"顿时一片唏嘘声。

许振超一挥手，继续说："你们知道装卸工人是怎么叫我们桥吊司机的吗？"

"铁匠！"有人回答。

"对！铁匠！人家叫我们铁匠，还有人说我们不是开桥吊的，是开气锤的。别笑，这不是光彩的事情，我们再不能这样干活了！"

"不这样干活，怎么干活？"一个司机不服气地说，"集装箱是铁的，船是铁的，拖车也是铁的，集装箱装卸就是铁碰铁，怎么能不响呢？"

"就是呀，铁碰铁怎么能不响呢？"大家都炸了窝，纷纷议论说，"一个集装箱，哪怕是空箱也有五六吨重，再加上十几吨重的吊具，至少也有二十吨重，把这样一个大'铁疙瘩'抓到四十多米的高空再放下来，有时还要放到船底八九米深的地方，想要不出声响根本不可能……"

大家你一言我一语，都觉得这是不可能做到的，何况桥吊队实行的是计件工资，多吊一箱就多一份收入，搞无声响操作，轻拿轻放，不明摆着会降低速度，让大家少挣钱吗？

"都不要再说了！"许振超打断大家的议论，严肃地说，"既然大家都说铁碰铁不可能没有声响，那咱们就用事实来说话吧，如果我能做到，大家就必须做到！"

许振超说完这句掷地有声的话，没有再多说什么，而是把大家请出去观摩自己如何操作。

大家看到，许振超通过控制小车水平运行速度和吊具垂直升降之间的角度，又轻又稳地准确定位，然后轻推操纵杆，轻轻起吊，无声落地，果然做到了无声响操作。

大家全都看呆了，也都立刻服气了。

"熟能生巧，大家练起来吧！"许振超对司机们说。

是呀，既然队长先练成了"无声响操作"，再来要求大家也要做到，大家还有什么理由继续当

要求人人练绝活

"铁匠"呢？

于是，全队司机都开始苦练起来，大家一起憋着劲，比赛般地向"无声响操作"的目标进发。

许振超则根据自己的经验，认真编写桥吊无声响操作指南，发给大家学习。他还利用给司机们开会的时间，对关键的如何起钩、落钩等环节逐个讲解、分析，亲自驾机示范要领。

看着司机们一天天都在进步，有的已经练成"无声响操作"，许振超心里很是欣慰。

那天，许振超像平常一样下班回家，刚一进家门，女儿小雪就噘着嘴巴，跑到他面前告状说："爸爸爸爸，你快管管太姥姥，她打开冰箱的门，坐在冰箱门那儿乘凉，我的雪糕都化了。"

"什么？！"许振超赶紧走进厨房里，看到姥姥搬了个小板凳，坐在敞开门的冰箱前乘凉。

许振超没说这样会损坏冰箱，浪费电，冰箱里的东西会坏，只说："姥姥，您别冻着。"

"没事！"姥姥乐呵呵地说，"我找到一个乘凉的好地方。"

"姥姥，咱家客厅有电风扇，别在这儿了，这里太凉了。"

"不要紧，我舒服就行。"

许振超不由得哈哈笑起来，当时他只是觉得姥姥变得越来越像个可爱的老顽童，后来才知道这是阿尔茨海默病的前兆。

还是在一九八五年时，许振超在青岛港分到了一套五十多平方米的新房子，虽说除妈妈外，他还有两个舅舅和两个姨，但他还是想把当时已经快八十岁的姥姥接到自己家来，让姥姥住在新楼房里，跟着自己享几年清福。

于是，许振超和许金文商量："姥爷过世了，我想把姥姥接到咱家来。"许金文通情达理地说："难得你有这份孝心，只要姥姥不嫌咱家楼高，我没啥意见。"

姥姥当然很高兴。许振超和姥姥说："不过咱家住得有点高，要爬六层楼呢，您真的愿意去？"

"和大外孙子在一起，再高俺也愿意。"

想起往事，许振超微笑着无比欣慰地说："姥姥跟着我们住的那几年，确实是享了几年清福。"

艺高人胆大

不久以后,"无声响操作"绝活得到了一次很好的检验。

有一次,青岛港承运一批化工剧毒危险品,这个货种一旦发生碰撞,会引发不可估量的恶性事故。当时的铁道部和青岛市政府、青岛港都高度重视,为了确保安全,几个部门的主要领导都身穿防化服坐镇现场,码头、铁路专线都派武警和消防员身着防化服全线戒严。

晚上八点钟,"凌昌河号"货船小心翼翼地靠岸了。

所有人的目光都集中在指挥许振超身上,只见他左臂上绑着一条白毛巾,右手拿着对讲机,从容淡定地指挥已经全部练成"无声响操作"绝活的桥吊司机们，开始有序地作业。

司机们因为有绝活，个个镇静自若，稳而轻地熟练操作着，仅用了一个半小时，四十个集装箱就被悄然无声地卸下货船，又被悄无声息地装上火车。

现场的人们由紧张变为惊讶，由惊讶变为佩服。船东代表感慨地说："你们的作业简直是行云流水，太神奇了！"

坐镇现场的领导也连连赞叹："青岛港的工人都是好样的，个个了不起！"

不久，"无声响操作"被写入青岛港装卸工序的行业标准。

许振超除了要求司机们练出"一钩准""一钩清""一钩净""无声响操作"等绝活外，他又发明了"二次停钩"这个绝活，让大家继续操练起来。

他经过统计发现，桥吊作业中最容易出安全问题的环节是集装箱一起一落的时候，他要求每名桥吊司机在吊箱时都要做一次"二次停钩"，就是在集装箱刚离地和快要落地的时候放慢速度，先观察后起落。这样做虽然使每次操作时间多了近两秒钟，但杜绝了事故隐患，提高了工作效率。

许振超发明的这一项项绝活被青岛港桥吊队推广应用后，既造就了青岛港的优势品牌，也激发了工友们的创新热情。

有一天，一场罕见的大雾让整个青岛港码头的装卸作业被迫停止。临近中午，大雾仍然不散，能见度仅有三四米。

一艘货船的船长急了，他找到许振超叽里咕噜地说了一通，原来是请求许振超尽快把集装箱卸下来。因为他们船上装的全是冷冻货物，恰巧供电电源又发生了故障，如果不能及时卸货，一旦冷冻室里的温度升高，将会给船东和货主造成巨额损失。

"当然，在这样的大雾天，如果你们以安全方面的理由拒绝，我也无话可说。"船长有些沮丧地说。因为他知道，桥吊有十七层楼那么高，而集装箱上四个锁孔的大小和乒乓球差不多。司机在四十多米高的桥吊上，要让重达十几吨的吊具的四个爪准确地插入集装箱锁孔，就是在晴朗的好天气操作起来也很有难度，何况是在这种能见度只有几米远的大雾天气。

看着眼前这位焦急的船长，考虑到船东和货主的利益，许振超认真想了想，终于面带微笑地说："您是我们青岛港的客户，我怎么能拒绝您的要求？想客户所想，让客户满意，是我们的服务宗旨。我马上安排为您卸箱！"

船长惊喜地瞪大了眼睛，同时脸上也浮现出一些担心："真……真的吗？能安全卸下来？"

"您放心吧！"许振超充满自信地说。

一个司机反对说："许队，大雾天作业风险太大，而且以前也没有雾天作业的先例。"

另一个司机说："这么大的雾，在桥吊上连集装箱在哪儿都看不清，更不用说找锁孔了，恐怕不行吧？"

"怎么不行？我们千难万难，也不能让货主一时犯难。今天，我们就是要破雾天不能作业这个先例！"

随后，许振超在船上、岸边各安排两个经验丰富的老司机，通过对讲机及时报告集装箱的位置，他自己则登上桥吊，指挥司机小心操作。

随着船上和岸边清晰的位置报告声，一个个集装箱钩钩到位，全都有惊无险地安全卸下船来。

事后，那位船长充满感激地拉着许振超的手说："谢谢，谢谢！中国工人真棒！"

这次成功的作业，不仅让客户避免了巨额损失，也突破了许振超和他的桥吊队在雾天不能作业的禁区。

就在许振超的事业蒸蒸日上，桥吊工作推进得一帆风顺时，姥姥的病却越来越重了。除了许振超，家里人她谁都不认识，但姥姥还认识硬币，每每见到硬币都会开心地捡起来，宝贝似的装进上衣兜里。

许振超为了让姥姥开心，每天都故意把一些硬币扔在姥姥能够发现的地方。姥姥衣兜里的硬币越来越多，把许金文给她织的毛衣衣兜坠得低低的。

许振超看着那两个沉沉的衣兜，问："姥姥，您兜里装的什么？"

姥姥赶紧护着衣兜说："没有，啥也没有。"

许振超问："姥姥，您攒钱干什么？"

姥姥说："攒钱给俺大外孙子娶媳妇。"

"太姥姥!"小雪着急地喊道,"我都这么大了,您还攒钱给爸爸娶媳妇呀,不能娶了,我爸爸已经娶我妈了。"

姥姥说:"不!不娶你妈。"

许振超问:"那娶谁呀?"

姥姥说:"娶许金文。"

许金文问:"姥姥,您看我是谁?"

姥姥认真地看看许金文,摇着头说:"不认识。"

许振超看着姥姥连她最喜欢的外孙媳妇许金文都不认识了,不由得一阵心疼:我天天忙工作,陪姥姥的时间太少了,等忙过这阵子,我一定抽出些时间好好陪陪姥姥。

知耻而后勇

可是,就在那之后,一台桥吊的控制系统突然坏了,因为控制系统采用的是瑞典的直流调速程序,属于尖端科技产品,国内无人能修,只能请外国专家来修。

桥吊坏了大家都很着急,公司又是发电报又是发传真,过了一个多月,澳大利亚的两个专家才终于来到青岛港。

两个外国专家来修了十二天,桥吊倒是修好了,但他们的报酬高得惊人:整整四点三万元,相当于许振超十年工资的总额。

"怎么要这么多钱?"许振超问。

"合同上就是这么定的,人家要的修理费就这么高。"公司的财务主管说。

许振超觉得自己的心被狠狠地剜了一下,四点三万元,这在当年是一笔巨额开支。

如果桥吊坏了我会修理,公司还会花这么多钱吗?自责和愧疚紧紧地缠绕着许振超。

但还不止如此。

外国专家在电器房里修理,许振超希望自己能留在现场观摩学习,但对方不允许,通过翻译让他出去。

许振超心想,不让看就算了,你们是公司请来的专家,我有问题向你们请教总可以吧。于是,许振超就等在外边,见外国专家走出电器房,赶紧迎上去,把几个常见的桥吊故障通过翻译告诉他们,咨询解决方法。不料,外国专家轻蔑地看了许振超一眼,摇摇头,耸耸肩,绕开他扬长而去。

外国专家轻蔑的目光,刻骨铭心,太伤自尊了。

那天许振超下班回家,没有像往常一样去给姥姥梳梳头,擦把脸,陪姥姥说几句话,没有下厨房炒菜做饭,展示他的厨艺绝活,也没有去看一眼在房间里写作业的小雪,而是铁青着脸,站在窗前暗暗下定决心:我们必须要自立自强,不让外国人来赚走我们的血汗钱,在我们面前耀武扬威。

许振超下定了决心,可还没等他理清到底要怎么做时,又发生了一件事,让桥吊工人们的自尊心再次被伤害。

圣诞节前两天,一艘外国货轮要将一百多个集装箱装船,箱子里面全是运往国外的圣诞节货物。如果这批货物不能及时运达,货主和船东都将损失惨重。可就在这节骨眼上,担任作业任务的桥吊突然发生故障。虽然不是什么大问题,但许振超和公司的维修人员却是越急越修不好。

外国船长急得直冒火,带着翻译跑到许振超面前问情况,一听说桥吊何时修好还说不准,直接就恼了,冲着许振超和维修人员哇哇一通大叫。

尽管翻译人员没有说话,许振超也知道外国船长大叫的内容。虽说挨了骂心里憋气,但许振超理解外国船长的心情,他通过翻译向外国船长道歉并解释,一定想办法尽快修好桥吊。

可是光道歉和解释有什么用呢?顾不上吃饭喝

水，彻夜没回家又有什么用呢？桥吊不能及时修好，外国船长一脑门儿官司，他看向许振超和桥吊工人们的眼神里充斥着鄙夷和蔑视。

许振超又着急又不甘心，却无计可施。那批圣诞货物到底没能如期装船，外国船长指着他们怒吼着，叫骂着，跺着脚离开，他那充斥着鄙夷和蔑视的眼神，深深地印在了许振超的脑海里。

回到家，许振超的脸色怎么也无法晴朗，在妻子的追问下，许振超把这两次经历讲给了妻子听。

许振超说："我们绝不能再忍受这种耻辱！"

"那你能怎么办？"

"知耻而后勇！"许振超紧握着拳头说，"我们中国现在还处在发展建设时期，还有那么多人吃不饱饭，那么多儿童上不起学，只要我许振超在这里，往后所有的维修费用就不能再让外国人轻易装进腰包。要树立中国工人形象，为国争光！"

夜深了，许振超躺在床上翻来覆去"烙大饼"，他在心里暗暗下决心：我要自学成才，成为一个桥吊专家，我必须要彻底摸透桥吊的构造，我要让桥吊在我许振超手里变成一头乖巧听话的大电驴。

决心好下，真正做起来却有太多难以言说的艰难困苦。

桥吊构造极其复杂，涉及电力拖动、自动控制、高压变电、高压电缆运行管理等多个学科，就是学起重机械专业的大学生，至少也要学习三年以上才能处理桥吊的一般性故障。连初中都没有读完的许振超却一头钻进去，玩命般地学起了机械动力、电气自动化、英语……

慢慢地，他越来越清楚，桥吊最核心、最难懂的就是瑞典的BBC[①]电力拖动系统，要想掌握这个系统，必须得有完整的电路图。有了这张图，就等于解剖了桥吊全身的电路神经，处理起事故来，就像医生拿着CT[②]片给病人诊病，一目了然。只要对症治疗，就能手到病除。

然而，这张电路图恰恰是外国厂家全力保护的尖端技术，他们不仅没有向中方提供电路板图纸，就连最基础的数据也没有。

难道我就这么缴械投降吗？难道我们还要再请

---

① Brown Boveri Corporation，简称BBC，即勃朗-鲍威利有限公司。
② 计算机层构成像。

外国人来修个十来天,就赚走我十年的工资,在我们面前趾高气扬吗?难道还要再让外国船长哇哇大叫,再让他们用那种鄙夷和蔑视的眼神看我们中国工人吗?

不!不能!绝对不能!

又是一个不眠之夜,又是一夜绞尽脑汁。

倒推电路图

清早，许振超已经有了主意，他要利用桥吊的控制板倒推出电路图。尽管倒推电路图像登天没梯子一样艰难，但这个奇想刚一冒出，便在他心中坚如磐石。

下定这个决心，许振超决定全力以赴。可姥姥的病越来越严重，不仅认不出许振超了，还尿失禁。今后许振超更要全身心投入技术的钻研中，这势必会影响他对姥姥的照顾，为此，许振超只好把姥姥送到舅舅家，虽然这样做让他万分心痛和不舍。清晨，许金文看到许振超正看着姥姥，眼泪成串成串地往外流，她不由得大吃一惊，问："振超，你怎么了？"

"我决定把姥姥送走了。"许振超哽咽着说,"金文,你给姥姥拿几张大票来好吗?你看姥姥的衣兜实在太沉了。"

许金文去拿了几张大票递给姥姥,说:"姥姥,我用这几张整的换您兜里的硬币好不好?"

姥姥赶紧护住衣兜说:"不换,不换!"

小雪问:"太姥姥,您要那么多硬币干吗呀?"

"给俺大外孙子娶媳妇。"

"您大外孙子叫什么?"

"叫许振超!"

许振超哭着跪到姥姥面前:"许振超不好,姥姥您别给他攒钱了。"

"好!我大外孙子最好!"姥姥大声嚷道。

"您大外孙子不好,整天就知道看书,忙工作,也不好好陪陪您老人家……"

"谁说的,我大外孙子最好!他有空就陪我!"姥姥说着,居然生气地一屁股坐在地上,踢蹬着双腿哇哇大哭起来。许振超两口子又拉又拽,怎么哄都不成。小雪转转眼珠,把一枚硬币往水泥地上一扔,姥姥听到硬币响,扭头到处寻找。她一看到硬币便立刻爬起来去捡，高兴得像个孩子一样。

许振超看到姥姥笑了，却失声痛哭着跑出了家门。

他决定要倒推出电路图，这需要耗费他大量的精力和时间。妻子要上班，又要照顾小雪和这个家，实在无力照顾病情越来越重的姥姥。不得已，许振超只好让舅舅来把姥姥接走。

"姥姥，古人言，忠孝难两全。如今我为了青岛港，狠心把您送走，您不会怪我吧？您能原谅我吗，姥姥？"望着姥姥远去的佝偻的背影，许振超泪如雨下，心如刀割。他多么想冲过去，背起姥姥，再把她背回六楼。每天下班后，陪姥姥说话，给她做好吃的，和金文、小雪一起唱"大吊车，真厉害"给姥姥听，可是任凭心里翻江倒海，此刻他也只能定定地站在那里目送姥姥。

从此，每天下班后，许振超就带着从公司借来的一块备用模板，一头扎进自己的小屋里。

一块书本大的模板，密密麻麻地镶嵌着几百个电子元件，两千多个焊接点。为了分辨细如发丝、若隐若现的线路，许振超找来三块玻璃板，制作了

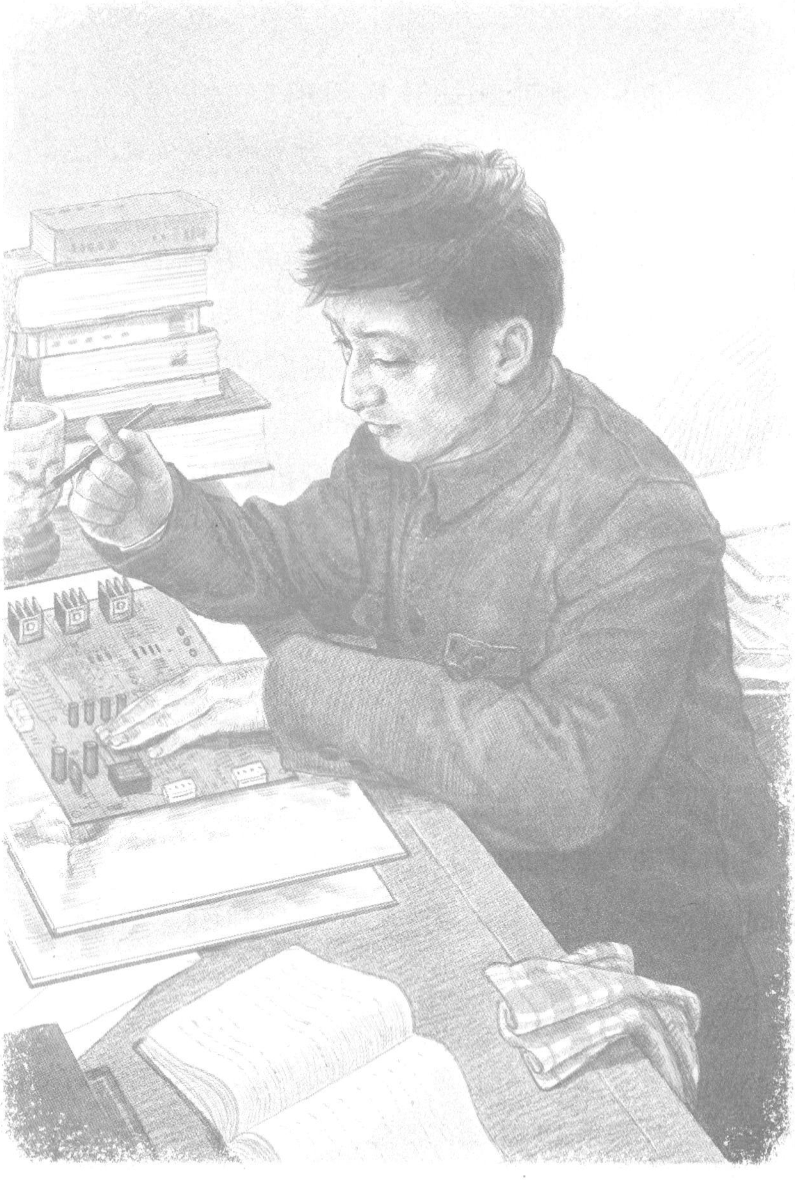

一个简易支架。他将模板放在玻璃架上，下面安上一个一百瓦的大灯泡，强光能使模板上的线路显现出来。

许振超脸凑得很近，瞪着眼睛观察，然后在纸上一笔一笔地模拟勾画，绘制成图。脸被强光烤得通红，眼睛也被烤得看不清东西，他就到冰箱里取出提前准备好的冰块，用毛巾包住，放在眼睛上敷上一小会儿，然后再接着干。

许振超微笑着回忆说，其实这不算啥，真正吃苦受累、遭煎熬费功夫的，是搞清连接模板上的两千多个焊点。那些焊点小如蚂蚁，一个点上下左右有四条连接线，每一条又延伸出两条连线，两条再变成四条，最多的要变成二三十条连线。每个点，每条线，许振超都要用万用表试了又试，一条线路常常要测试上百个电子元件，直到最终试出一条通路来。

BBC模拟电子控制系统属于通用模板，在某个电路上接上一条线路，就可以做另外的用途，如果这个电路在桥吊上用不上，就将它截断。这可真让许振超头疼又气恼，因为往往花上好几天时间才艰难地推导到某个电路的末端，仔细一看居然断掉了，是一个毫无用处的电路。没办法，几天的苦累白受了，时间也白流了，只好再另选一个点继续推。

为了拆解模板上的集成电路，许振超去医院想办法，找来了一些不同型号的针头。几号针头对应多大的焊点，都要认真比对，做到心中有数。拆卸时，他把电烙铁插上电，用自己的鼻子去试烙铁的温度，适时拔下插头，不能太热，更不能太冷，必须用刚刚好的温度，才能既烫化模板上的焊锡，又不损坏模板一丝一毫，还能在重装时，保证所有针头都恰好堵上焊点下面的小孔。

他必须小心翼翼，谨慎万分，做到万无一失，因为模板实在太贵重了。在那段时间里，他的指甲始终是锯齿状的，手指肚上布满一个个小白点，鼻子上总带着灼伤的痕迹。

许振超整天忙着倒推电路图，有很长一段时间都没陪妻子逛街，也没有分担丁点儿家务了，他心里满是愧疚。一个休息日，他想给女儿和妻子做一顿她们最爱吃的红烧排骨，也趁机让自己的眼睛休息休息，可是当他把排骨洗干净，放进高压锅里炖的时候，他又想趁炖排骨的时间去查个资料。不料，他查起资料来就把炖排骨的事忘到了九霄云外，直到突然听到厨房传来砰的一声巨响。

许金文从楼下听到那声巨响，还以为是附近在施工放炮，回到家一看，到处都是喷溅出来的骨头汤，抽油烟机和煤气灶都被砸扁了。原来，脑子里全是电路图的许振超在扣锅盖的时候分神了，没有把锅盖扣到位，让蒸汽把锅盖顶开了。

"那可真是好险呀！"许振超微笑着，至今仍心有余悸地说，"幸亏当时金文和小雪都不在家里。"

而就在砰的一声巨响的第二天，一台桥吊上的一块核心模板坏了。以前得花几万元更换，但那天许振超跑到电器商店，仅花了八块钱买来一个运控器换上后，桥吊就能正常运作了。

花八块钱就为公司修好了一块核心模板，这段时间的辛苦一下子被成功的喜悦冲得烟消云散。

后来，青岛港又上了新桥吊，从瑞典BBC模拟电子控制系统升级成美国GE[①]数字控制系统，使用了带夹层的印刷电路板，合起来只有零点五厘米厚，倒推和拆装电路板更加困难，对许振超在专业知识上的要求也更高了。为了倒推GE数字控制系统的模板，许振超不得不恶补"模拟电子控制技术基础""电流机拖动基础""数字电子控制基础"等方面的知识。

有一次，为了一根信号线，许振超苦苦查了一个多星期。当他终于打开接线盒，才惊讶地发现，一根信号线变成了两根，两根变成了四根，直到最后变成二十多根……

在倒推电路板的那四年里，许振超所有的业余时间都是这样度过的，就连给老岳父陪床，他也把电路板带去医院。晚上，老人睡着了，他就跑到病房的走廊里，站在灯下看电路板，细细琢磨。

四年时间里，许振超一共倒推出了十二块不同型号的电路板，其间经历了多少艰辛和酸甜苦辣，就连许振超本人恐怕也无法说清，但他绘制、标注

[①] General Electric Company，简称GE，即美国通用电气公司。

的足有两尺厚的电路图纸，成了桥吊司机最重要的技术手册，也成了青岛港桥吊排查故障和提高效率的珍贵"利器"。

倒推电路图大获成功，许振超维修桥吊迈入了新境界，从排除一般的机械故障到修复精密部件，从修一块核心电路板到桥吊的重量传感器，他都能手到病除。每当他像一个医术精湛的外科医生，为出故障的机械做一次精准而成功的手术时，公司的几个维修主管都会对他佩服得五体投地，纷纷竖起大拇指说："许队，你真神了！"

"这有什么！"许振超总是微笑着说。

每当又为青岛港省下几万、十几万美元的维修费用，他就觉得四年的辛苦很值得，他切身体会到苦尽甘来是一种什么样的幸福感。

回忆起这段经历，许振超露出了心满意足的微笑，很可爱，也很动人。

临危受命

二〇〇一年,青岛老港区的集装箱年吞吐量逾三百万标准箱,这虽然是一个不错的成绩,但青岛港的决策者们没有停下前进的步伐,决定"全港战略西移,开发黄岛,把黄岛前湾建设成世界上最好的集装箱码头……要和同纬度的韩国、日本等国际大港口一争高下"!

同年七月,为配合战略西移,青岛港务局成立明港分公司,花费巨资从上海港口机械厂订购了两台当时国内最大的装卸集装箱桥吊设备。按照青岛港领导的设想,其中一台桥吊将在十一月二十一日安装成功。

但三个多月过去了,整整十三船桥吊部件依旧堆放在码头上。

桥吊就是码头的心脏，桥吊立不起来，一切都是空想。

虽说慢工出细活，但看到安装现场"老牛拉破车"的磨蹭劲儿，青岛港领导对这句话产生了怀疑。

西移是青岛港生死攸关的大事，青岛港能否在世界航运界竞争越来越激烈的情况下，杀出一条发展之路，在此一举。而西移成败的关键，就是新型桥吊能否如期高质量安装完成。

青岛港领导内心的焦急可想而知。可是，桥吊的安装由集团成立的现场指挥部和厂方负责，他们再怎么着急担心也不能天天泡在现场监督，更不能越俎代庖去指挥。

关键时刻，他们同时想到了一个值得信任并可委以重任的人——许振超。

十一月十八日，许振超来到黄岛，眼前一片荒凉，寒风刺骨，没有吃饭住宿的地方，甚至连热水也喝不上。环境苦他不在乎，他要来图纸认真查看，发现安装尺寸不对，立即告诉现场人员，但没有人理睬他，顶多朝他吼一句："这不归你管！"

十一月二十三日，局长来工地现场办公，看到安装工作没有进展，他脸色铁青地宣布："原来的总指挥就地免职，任命许振超担任总指挥！"

听到任命，许振超像根木头似的站在那里，脑子里一片空白："局长不是开玩笑吧？"

局长拍拍他的肩膀："老许，集团党组织信任你，临危受命，好好干！"

许振超的好朋友忧心忡忡地看着他："老许，不好干呀！"

是呀，要在短期内完成本该用四个多月安装完的桥吊，可能吗？许振超压根儿没想到总指挥的重任会落在自己肩上。那天晚上，他躺在用硬纸壳铺成的床上辗转反侧，反复掂量这副重担他能不能挑。他想：紧要关头，个人得失算什么，桥吊安装工期再拖下去，港口的集装箱发展就有可能因此错失大好时机。养兵千日，用兵一时，现在不正是到了我打头阵的时候吗？

好！"军令状"我立定了！无论如何也要保证桥吊在年底前矗立在前湾新港区的码头上！

第二天一早，许振超办了三件事：一是打电话告诉妻子，他在黄岛干活，从现在起到年底就不回家了，让她放心；二是买了十箱方便面；三是找来一个集装箱立在工地上，当成自己的办公室兼卧室。随后，他便全力以赴地投入桥吊安装的工作中。

许振超一头扎进桥吊安装资料里，彻夜不眠。他做出一个新的决定：推翻原来一件一件往上安装的方案，改成"地面组装成大件，在空中大件对接"的新方案。

新方案需要一千吨的大浮吊把大件吊到空中，他好不容易找到一台，当技术资料传递过去后，他的心一下凉了，浮吊高度差了一米，这可怎么办？许振超的脑子像风车一样快速转动，突然，他灵机一动：可以利用涨潮时海水水面升高来弥补浮吊高度的不足。

在场的工人佩服极了，他们围上来说："许队，天大的困难你也有办法克服，我们跟你干。"

然而，新方案却遭到厂方安装指挥的坚决反对。厂方负责指挥的是一个老厂长，他是国内起重和吊装方面的权威专家，但是许振超觉得老专家给出的三个方案并不合理：第一个方案，有一个环节是将桥吊大机房切除一半，变相降低吊点，还要在空中对拼、焊接；第二个方案，是在前T形架上重新焊出一个吊点，而吊点的焊接现场做不了，要拉到外地去做，且不说这个方案是否合理，光时间就耽搁不起；第三个方案更是荒唐，大梁吊起后，根本对接不上……

三次失败后，终于无人再言语，许振超这才得以实施自己的吊装方案。

万事俱备，只等涨潮。十二月三十日下午三点三十分，潮水来了，但是地面辅助机械却没有按许振超规定的时间运来。等机械运到时，潮水已经开始下落，许振超不死心，用浮吊把组装件吊起，结果却差了五厘米。

许振超心里又难过又气愤，吃苦受累都不算啥，但是这种人为造成的损失让他很是憋闷和无奈。都知道他是总指挥，可有些人他根本指挥不动，而这样的事还不止一例，有人甚至在他背后说："你一个工人，当个临时总指挥，能干多久呢?"

许振超自从来到黄岛后,每天从早忙到晚,错过了饭点,他就啃凉馒头,吃方便面,困了就裹上大衣打个盹儿,晚上从没睡过一个囫囵觉,常常是眼里布满血丝,嘴上裂着口子。由于劳累加上憋气,许振超终于病倒了,他发起了高烧,浑身的骨头疼得像要散架,走路像踩着棉花一样。但他始终硬撑着不让自己倒下去,他对自己说:"许振超,青岛港成败在此一举,你绝不可以在这个节骨眼上倒下去!"

二〇〇一年十二月三十一日下午四点多,潮水涨起来了,此时工地上已做好一切对接准备,浮吊吊起组装件,在上涨潮水的托浮下升起来。

晚上六点三十分,组装件在五十米高空对接成功!

工人们欢呼雀跃,纷纷把安全帽抛向空中,工地上沸腾了!

那一刻许振超终生难忘。经过没日没夜的奋战,重一千三百吨,长一百五十米,高七十五米的超大型桥吊,终于矗立在前湾港宽阔的码头上。

在别人眼里，或许那只是一台巨大的新型桥吊，可在许振超的内心深处，它就是他们这一代港口创业者的丰碑！

工友们散去后，许振超独自行走在海边。寒夜里，他抬起头凝望着星光下桥吊那庞大的身躯，他内心的激动再也压抑不住，这个很少流泪的硬汉子，眼泪哗哗地流了下来。

他回忆起这段时间的经历，心中五味杂陈。那一刻，他才意识到已经有四十多天没回家了，他突然格外想家：妻子在家辛苦吗？女儿该很想我这个不称职的爸爸了吧？

夜里，他又发起烧来，可心里还惦记着刚安装起来的桥吊。

第二天是元旦，一大早，他没吃早饭就摇摇晃晃地拖着发着高烧的身体上了工地，桥吊还需要调试，他安排好专人负责后就往家赶。进门后，他一头栽倒在床上，一觉睡了两天两夜，才被许金文从沉睡中叫醒。

桥吊安装成功，青岛港实现百年梦想。当年年底，货物吞吐量突破一亿吨，青岛港迈进国际大港口行列。

二〇〇二年二月十日,除夕前一天,明港分公司开始试运营,可以承接世界上最大的集装箱船舶。青岛港的合作伙伴,英国最大的航运公司铁行公司的中国首席代表高津华,竖着大拇指说:"太不可思议了,中国工人真了不起!只用两年时间,就建起了在英国十年也难以建成的世界一流港口。"

"振超效率"

随着港口西移的顺利进行,现代化桥吊一台台增加,打造一支中国最好、世界一流的桥吊队伍,让中国成为世界第一集装箱装卸大国的念头,在许振超当上桥吊队队长的那天,便在他脑海中油然而生。

首先,要搞好安全生产。为此,他日夜加班加点编写教材。他找来交通部、青岛港的相关安全生产条文,并结合自己的经验、心得和体会,编写了一套图文并茂的安全生产手册,发给大家学习,并结合一个个案例,亲自登台讲解。

其次,打铁还需自身硬。许振超要求桥吊司机必须练出一身绝活。要创世界一流,没有一支技术过硬的队伍怎么能行！

当时桥吊队的真实情况是，虽说有五十多名桥吊司机，但只有十几名是老司机，其余全是刚从大中专院校招来的新手。按照常规，一个新手走向桥吊司机的岗位至少需要一年时间。也就是说，许振超要在一年之后才能拥有一支合格的桥吊司机队伍。

可是，许振超等不起这一年，他必须想办法尽快解决前湾港人才断档的"燃眉之急"。为此，他整夜睡不好觉，饭也吃不出味道。苦思冥想了几天后，他把队里的十几位老司机叫到一起，提出要编写一本桥吊手册的想法。

他说："大家都是老司机，有丰富的开桥吊经验，这些经验都是经过时间、汗水和心血总结出来的。我想根据大家的经验，给新司机编写一本桥吊手册。这样，就可以帮助他们在最短的时间里成为一名合格的桥吊司机。"

老司机们都觉得这个主意不错，纷纷奉献出各自的看家绝活。为了编好桥吊手册，许振超阅读了大量桥吊技术管理方面的书，翻阅了自己二十年来的桥吊学习笔记，细细推敲，优中选优，最终总结出桥吊作业中的二百多项操作规程，包括从正常情况到大风、大雨、大雪、大雾天气的各种注意事项及故障处理应急方案……

那段日子，许振超几乎每天都在熬夜，都在不停地写，写得眼花手酸胳膊软，不得不停下来时，他就站起来甩甩手，在房间里走几步，或者用自来水洗把脸，再坐下继续写。

"当时那个费劲呀，就别提了。"

回忆起那段日子，许振超的微笑里流露着自豪和满足。

这本填补了国内空白的《港口作业桥吊手册》，后来被很多专业院校列为必修课的参考教材。只是使用这本教材的大学生们并不知道，编写这本教材的人，初中只读了一年半。

"手册虽然都发给大家了，但是要想成为一名优秀的桥吊司机，光学习理论是不够的，必须要多实践，多练习！我们工人是国家的主人，要肩负起为国家创造财富，振兴青岛港的责任，不练成一身绝活，一身过硬的好本事，能行吗？"

队会上，许振超给队员们鼓劲打气，他讲得激情澎湃，大家听得群情激昂，纷纷表态说："许队，放心吧，我们一定好好学，努力练习！"

许振超亲自教授和推广他的"一钩准""一钩清""一钩净""无声响操作""二次停钩""一三三"等绝活，一时间，桥吊队掀起一股比学赶超、学技术、练绝活的热潮。

二〇〇二年夏秋之交，局长到前湾港调研，了解到许振超创造了桥吊司机"累计动车六十小时出徒"的培训新纪录，在全国沿海港口率先实现"核心班、轮保班全部百分之百"的目标，制定并实行突发故障十五分钟排除制度，让桥吊装卸效率大幅度提高……而这一切，居然都是在不到半年的时间里实现的。局长感觉到，他面前的这个清瘦、精干的"老码头"，心中一定还有着更大的目标，更高的追求。

果然，许振超对局长说："目前世界集装箱装卸纪录是由香港现代货柜码头于二〇〇一年二月一日创造的，单船效率为每小时装卸三百三十六个自然箱。我想等待时机，冲击一下世界纪录。"

局长心中充满惊喜,但却不露声色地问:"你凭什么这么自信?"

"干活讲究'七分工具,三分手艺',以前,我们与那些国际大港口的差距主要在工具上,我们想跟人家一较高低,却先天不足,如今,我们有世界上一流的港口,有最新、最先进的桥吊设备,还有一支人人都有绝活的桥吊司机队伍,要创世界纪录,我认为有这个可能!"许振超目光炯炯、充满自信地说。

"好!"局长激动地紧握着许振超的手说,"如果你能带队打破世界纪录,就以你的名字命名青岛港的保班名牌,名字就叫'振超效率'。到时候,我给你献花!"

许振超用一个自信的微笑做了回答。

从此,许振超带领他的团队,开始了更加严苛的培训攻关战。

巅峰之战

二〇〇三年三月二十六日夜,"地中海洛丽塔""东方日本""中海汉堡"三艘国际巨轮同时停靠在青岛前湾港集装箱码头。作业前,许振超给桥吊司机们打气:"咱工人就是码头的脊梁,青岛港在国际市场上的信誉,靠咱们扛!"

一夜鏖战,三艘巨轮全部装卸完成。世界上最大的集装箱巨轮"地中海洛丽塔"起航时,意大利籍船长感叹地说:"十个小时完成三艘大船装卸,令人震撼的效率!我到过许多大港口,中国工人是最优秀的!"其他几位船长也纷纷竖起大拇指。

听到见多识广的老船长们的称赞,许振超心中充满激动和自豪,他随后得知那天的成绩离世界最高纪录只差五点二个自然箱。

虽然没破纪录，但已经超过了上海港的装卸效率，并且刷新了中国内地集装箱装卸的最高纪录。局长喜出望外，在集团礼堂召开隆重的命名大会，以"振超效率"命名青岛港的保班名牌。然而抱着牌匾的许振超却高兴不起来，接受记者采访时，他有些羞涩地说："这个命名目前我受之有愧，只有打破世界纪录，才有资格接受这块牌匾！"

在许振超的热切期待中，四月二十七日晚，国际巨轮"地中海法米娅"停靠七十八号泊位，需装卸三千零二十个集装箱。

夜幕中，许振超望着长达三百零三点九米的"地中海法米娅"，心中燃起一团激情之火，他预感，今晚他们将打破世界纪录。但是，前来助阵的局长却有一些担忧，他对信心十足的许振超说："香港现代货柜码头破世界纪录时，大多是利用空箱装卸作业，但今天的'地中海法米娅'重箱比重高达百分之八十五点五，而且重点舱箱量大，作业线极不平衡，你觉得咱们今晚有破纪录的可能吗？"

"有可能!"许振超铿锵有力地说,"这些困难都已在掌控之中,您就放心回去等消息吧!"

"很好!今天我不回去了,就在现场给你们加油助威!"

大战之前,局长讲完话后,把话筒递到许振超手中:"老许,今天你是主角,也讲几句吧。"

"好!"许振超接过话筒,"打破和创造世界纪录,对青岛港意义非凡,能够有机会参与这场空前的战役,将是我们每个人一生中宝贵和永难忘怀的记忆。期待着我们,就在今晚,打破并创造新的世界纪录!我们,有没有信心?"

"有!"现场响起排山倒海的回答声。

夜幕下的码头灯火辉煌,四月的海风虽透着刺骨的寒意,但每个要上场的队员心中都热血沸腾。晚上八点二十分,挑战世界纪录大战正式开始!

高压钠灯将宽阔的码头照得亮如白昼,现场八台桥吊一字排开,每台之间的距离只有不到两米。吊具像一只只神奇的巨臂一起伸向大船,抓起八个沉重的集装箱,曲线优美,几乎同时轻放在拖车上,大型拖车载满集装箱在码头上呼啸着穿梭……

一个小时又一个小时过去了,作业紧张地井然有序地进行着。桥吊"无故障运行"的制度显然发挥了最佳功效。那天,直到全部作业结束,没有一台桥吊中途停运。只是在作业两个小时后,二十七号桥吊的运行速度有过短暂的减速,许振超立刻断定,这是控制吊具的限位器松动造成的。他拿起对讲机指挥维修工,仅用了一分多钟即排除了故障。

凌晨,负责重点舱的八号桥吊因作业难度大,单机效率与其他桥吊总是差着一个集装箱。

"我来!"许振超果断地替换下八号桥吊的地面指挥,一个小时后,由他亲自指挥的八号桥吊多抢出了五个箱子。

凌晨两点三十五分,他们以六小时十五分的高速度完成了全船装卸,创造了每小时单机效率七十点三个自然箱和单船效率三百三十九个自然箱的世界纪录。

船方迅速发来感谢信,确认了这一刚刚创造的世界纪录,作业现场响起一片山呼海啸般的欢呼声。

当时,许振超激动的心情犹如体育健儿夺得金牌一样，充满了自豪。庆贺的人群渐渐散去，他却久久舍不得离开。他们用事实证明：中国工人是有能力的，别人能干的，他们能干，别人不能干的，他们照样能干！

在此后的五年里，许振超又率领团队七次刷新世界集装箱装卸纪录，让"振超效率"由此走向世界！

许振超继续在岗位上勤于钻研，勇于创新。二〇〇五年，他响应国家低碳节约的号召，经过多方试验，在冷藏集装箱上加装节电器，全年节约电费约六百万元，投资回报率达百分之六十。二〇〇六年以来，他领衔组织实施轮胎吊"油改电"技术改造，填补了该项技术的国际空白，年节约资金三千万元以上，噪声和尾气污染接近于零……

许振超常说，人总是要有点精神的，在岗位上，干就干一流，争就争第一，拼命也要创出世界集装箱装卸名牌，为企业增效，为国家争光。也正是在这种精神的支撑和鼓舞下，多年来，许振超带领他的团队始终站在世界航运界的前沿，把创"行业第一、世界第一"作为奋斗目标，立足岗位实干，勇于创新奉献，创造出了"真情保班""零时间签证""四十八小时预报、二十四小时确报，泊位窗口服务"等闪亮世界的服务品牌，还带出了"王啸飞燕""显新穿针""刘洋神绳"等一大批具有社会影响力的工作品牌。青岛港连续多年荣获全国"杰出集装箱装卸效率码头"等荣誉称号，优质的服务吸引世界各地航运公司纷纷在青岛港上航线、换大船，开通国际、国内航线一百六十多条，月进港班轮超过九百班。在"许振超作业队"的引领带动下，我国各大港口相互比学赶超，让中国一跃成为世界第一集装箱装卸大国。"振超效率"也越来越令世人赞叹，扬名世界航运界！

码头就是家

许振超的名字和事迹在中华大地上不胫而走，全国各大媒体记者纷纷前来采访。有一次，一位采访过许振超多次，并随许振超先进事迹报告团赴北京人民大会堂做过报告的记者，强烈要求参观许振超在前湾港的宿舍。进到宿舍里，为了拍照需要，那位记者随手拎起床上的一双厚毛袜丢到了墙角。

许振超立刻弯腰捡起来，微笑着说："这个宝贝可别给我扔了。"看到记者有些尴尬，许振超赶紧微笑着解释道，"我这几年风湿病加重，总是觉得脚底凉飕飕的，一年到头，晚上睡觉都得穿着这种厚袜子。"

记者的心不由得一颤，鼻子一酸，眼含着泪

问:"许队,在这样的热天您都要穿着厚毛袜睡觉,那您几十年顶风冒雨在十七层楼高的桥吊上爬上爬下,您不冷吗?那年寒冬,您在老港区那台没有电梯的桥吊上,为了排查机电控制总柜的两千多条进出口,一个人在五十米高空的驾驶室里,干了整整七天七夜,您不冷吗?那年深秋,为了抢修新港区桥吊上的滑轮故障,您冒着瓢泼大雨在呼啸的冷风中,趴在探到海里的桥吊大梁上一干就是六个小时,您不冷吗?那年年底,为了确保桥吊如期安装,您连续四十多天睡在码头岸边的那间只铺了一张硬纸壳的集装箱小屋里,您不冷吗?"

"哎呀,"许振超打断热泪盈眶的记者,微笑道,"咱今天不是说好要到我宿舍拍照的吗,怎么又采访起来了?哈哈,我今天可真是没时间接受你采访哟!"

一个下夜班路过的工友听到这番话,对记者感叹:"许队总讲,桥吊就是他的孩子,码头就是他的家。为了这个孩子这个家,这些年,别说是冷了,他连命都可以不顾呢!有一年,为了抢修带电才能显示的桥吊故障,他把我们都赶出去,一个人钻进电控室，冒着被四百伏高压电击中的危险，仔细排查那些精密的电路图。还有那一年……"

"小赵，别说了，记者老师不问了，你怎么又说起来了？"

刹那间，那位记者仿佛明白了什么，他说："您能这样做，是您在心里始终把码头当成家，而把自己当成家里的主人了！"

是呀，许振超的主人翁精神，是他赢得一切的法宝。

"振超精神"

二〇一九年春夏之交,为写好《许振超:向往开大吊车的孩子》这本书,我有幸来到青岛港采访许振超。外表清瘦干练,已经六十九岁的许振超看上去比实际年龄要年轻许多,他留给我的印象是沉静、内敛、爱微笑,但非常不善言辞。

因为许振超惜语如金,我虽然采访到了大量内容,但在写作过程中却发现都只知皮毛,不知其内核,所以在整个写作过程中,我不得不经常打电话继续深入采访,而我每次给他打电话,他几乎都在外地,不是刚下飞机,就是正在高铁上,有时电话干脆打不通。我说您怎么总在外出差,您现在忙什么呢?当然,这也是我要采访的内容。

"我现在主要是应邀去各地做报告。"

"那您最近都去哪些地方做报告了,能详细说说吗?"

"前天在中国石油大学,昨天在济南工程职业技术学院,今天是在中国劳动关系学院给劳模班的学员做了一场报告,明天回青岛后要去青岛港湾职业技术学院,下周我还要应佛山市南海区总工会的邀请前去佛山。"

"您主要讲什么内容呢?请您详细说说好吗?"

"我主要讲'主人翁精神'和'工匠精神',"许振超在电话里说,"其实,我能取得一点儿成绩,主要得益于这两种精神,我作为一名码头工人,如果不是把码头当成自己的家,是不可能苦练绝活,做出这些成绩来的。"

"您别太辛苦了。"

"做报告不辛苦。"许振超声音平静地说。

我知道,近些年来,尤其是党的十八大以来,他不忘初心,践行宗旨,虽然已经年近七十岁了,且腰腿关节病时常发作,但他仍不辞辛苦地奔赴各地做报告,结合自己的亲身经历,向人们传播"主人翁精神""工匠精神"。他说:"……要是听报告的人因为听了我的报告,能对他们产生一点儿影响,或者仅仅是对他们有所启发,哪怕仅有一小部分人能够从此做到'干一行,爱一行,专一行,精一行',有'干就干一流'的主人翁意识,我就算再辛苦也值得。"

"振超老师,为您鼓掌!"我在电话这头说,"我已经被'振超精神'深深地感动和影响了。"

"哈哈哈……"电话里传来许振超快乐的笑声。

故事写到这里,受篇幅所限,这本书已近尾声,但是为写这本书,我前去青岛采访许振超的材料,才用了不足三分之一,还有太多生动感人的事例,没法在这里一一表述。我相信,通过以上这些文字,你对许振超这位有着"主人翁精神""工匠精神"的"金牌工人""桥吊专家"已经有了基本的了解,并从中看到了一种境界,感到了一种力量,学到了一种精神。我也相信,你现在也和我一样,被许振超的事迹深深地感动着,鼓舞着。